De wintertuin

Onder het
L-label
van Uitgeverij Boekencentrum
verschijnen originele en vertaalde (literaire) romans
met een levensbeschouwelijke thematiek

Joke Verweerd

De wintertuin

ROMAN

Boekencentrum-Zoetermeer

CIP-GEGEVENS KONINKLIJKE BIBLIOTHEEK, DEN HAAG

Verweerd, Joke

De wintertuin: roman/Joke Verweerd. — Zoetermeer:
Boekencentrum. — (L-label)
ISBN 90-239-1669-7
NUGI 300
Trefw.: romans; oorspronkelijk

Ontwerp omslag: Collage, Geldermalsen
Illustratie omslag: Mandy Liem, Voorschoten

1

Het weerbericht werkte het voorgevoel in de hand. Stilte voor de storm. De stilte bestond uit een paar uitzonderlijk mooie herfstdagen. Te mooi voor eind oktober: het afgevallen blad lag te broeien in de zon.
Zo strak blauw was de lucht de hele zomer niet geweest. De warmte legde een slaperige loomheid op de mensen. Maar bij Ika was er onrust, het voorgevoel. De geur van de grote bos chrysanthen was haar haast te sterk.
Er cirkelden meeuwen hoog in de lucht. Ook dat duidde op storm.

De storm kwam na de brief.
De brief wachtte in de bus. Ika stond er mee in haar hand in de hal van de flat. Ze groette automatisch de benedenbuurman maar ging niet in op zijn scherts, hoewel hij dat van haar verwachtte. Verbaasd keek hij naar haar tot de liftdeuren dicht waren.
Ika nam de trap. Dat gaf nog even uitstel. Intussen draaide ze de brief om en om. Het leed geen twijfel: het was het handschrift van haar zus. Na al die jaren nog hetzelfde, kinderlijk aandoende, schoonschrift. 'Aan mejuffrouw I. Boerema', met een krul in de I en in de B.
Wie schreef er in vredesnaam nog 'mejuffrouw'?! Het ergerde Ika. Dat was een beter gevoel dan schrik.
Ze was boven. Op de bank in het oranje licht, dat door het zonnescherm de kamer binnenviel, maakte ze de brief open en las.

Al bij de aanhef schoot er een brok in haar keel: 'Lieve Ika'! Vijftien jaar elkaar niet gesproken, niet gezien en dan toch 'Lieve Ika'. Het beeld van haar zus zoals Ika haar zich herinnerde, doemde op tussen de regels. Nelly, een klein, rond poezegezicht met iets scheefstaande ogen en springerig, blond haar. Vijftien jaar! Langzaam drong de inhoud van de brief tot haar door. Moeder was ziek, ongeneeslijk.
'Je moet maar gauw komen, Ika, als je dat wilt. Het zal niet lang meer duren volgens dokter Spaan. Ze staat al op de wachtlijst voor het verpleegtehuis, want ik kan ook niet altijd bij haar zijn. Ik heb toch de jongens om voor te zorgen. Dirk Willem is nog maar zes en voor moeder is het te druk om bij haar in te trekken.'
Wat lag er allemaal achter die woorden? Hoelang was moeder al ziek? Hoeveel had Nelly al gedragen? Nelly, die altijd ontzien werd!
Ika keek naar de envelop op haar schoot. Op de voorkant Boerema en op de achterkant Peters-de Haan. Dat vertelde al veel en toch had ze nooit eerder in al die vijftien jaren zich zo verbonden gevoeld met Nelly. Bloedverwantschap, al verklaarden de namen op de brief haar voor gek. Het zonlicht trok strepen tot aan haar ogen en de kamer beefde in een mist van tranen.

*

Nelly, vijf jaar jonger dan zijzelf en het zonnetje in huis.
'Zal je goed op haar passen, Ika? Bij het oversteken haar hand vasthouden en haar in de klas bij juffrouw Toms brengen, hoor je?! Jij bent de oudste!'
Moeders gezicht stond bezorgd, zoals vaker als het om Nelly ging. Nelly, zich van geen zorg bewust, streek haar nieuwe jurk langs haar benen. Mooi was die jurk, vond Ika, het leek wel een zondagse! Blauw ribfluweel met witte sterretjes en pofmouwtjes. Nelly was net een prinsesje! Ika was trots op haar en ook jaloers. Haar verwassen witte bloesje wipte van achter al weer uit haar te korte rok. En voor haar piekharen kwam ze altijd speldjes te kort. Nee, dan Nelly's haar. Dat krulde alle pieken tot kurketrekkers die dansten bij elk sprongetje.
Heftig knikkend beloofde Ika alles wat moeder vroeg. Ze voelde

zich groot omdat Nelly pas voor het eerst naar school ging en zij al in de zesde zat.
'Kom maar, ik breng je wel bij juffrouw Toms, helemaal tot in de klas. Dan kunnen de jongens van de zesde je niet plagen!'
'Waarom zouden ze mij plagen?', vroeg Nelly's stemmetje naast haar.
'Dat weet je niet. Je weet nooit waarom, ze doen het gewoon! Omdat ze daar zin in hebben, omdat ze je stom vinden!'
Het gezichtje van Nelly betrok; haar ogen stonden dan nog schuiner. Ika haastte zich te zeggen: 'Maar jou niet, hoor, wees maar niet bang. Ik ben er toch!'
Ze klemde haar lippen vastberaden op elkaar. Als ze wat wilden, die jongens, dan zou zij voor Nelly opkomen. Desnoods zou zij de klappen wel opvangen, als Nelly maar niets overkwam! Want als vader horen zou dat Nelly geplaagd werd...
'Kun je hard rennen? Ren eens een stukje op je allerhardst', zei ze plotseling tegen Nelly.
'Zo moet je dus rennen als ik die jongens tegenhoud!', zei Ika even later tevreden.
'Welke jongens?', vroeg Nelly.
Ika zei niets en klemde Nelly's hand stevig in de hare. Ze moesten eens durven, die jongens!
Sterk voelde Ika zich en belangrijk, nu Nelly naast haar liep. Het gaf haar een nieuwe waardigheid. En Nelly was zo mooi met haar krullen en haar nieuwe jurk!
Maar toen de stortvloed van jouwen en schelden, duwen en schoppen losbarstte, hoefde Nelly niet te rennen op haar allerhardst. De jongens lieten haar ongemoeid. Alles kwam neer op Ika's smalle rug totdat ze duizelig, en ziek, moest overgeven in die hoek van het plein waar de meester met pleinwacht nooit kwam.

*

'Lieve Ika', schreef Nelly, en dat deed haar toch goed.
Het was ineens bijna donker in de kamer, het zonnescherm moest omhoog. Ze stond op en zette water op voor thee, droogde met de theedoek het al droge bordje van het ontbijt en haar natte ogen.
Toen de ketel floot, stond ze nog tegen het aanrecht geleund.

Moeder was ziek en Nelly vond dat zij dat weten moest!
Ze moest de ramen gaan sluiten. De wind floot door de kieren en de balkondeur vloog met een klap dicht. De ruit trilde ervan.
Ze zou een brief terug kunnen schrijven aan Nelly. Misschien ook één aan moeder. Maar toen ze het blanke schrijfblok voor zich had, kwamen er geen woorden in haar op. Er was geen begin – vijftien jaar is lang.
Ze keek de kleine kamer rond. Moeder was hier nooit geweest, Nelly ook niet. Het enige wat ze van haar wisten, was haar adres. Nog een geluk dat ze intussen niet was verhuisd.
De wolken werden donkerder en de eerste druppels vielen.
Weer las ze de brief. Het was net als de andere keren dat er post van thuis was gekomen – de rouwkaart van vader en de trouwkaart van Nelly –, alsof er een verstikkende deken over haar viel. Alsof ze naar de diepte getrokken werd.
Nelly schreef over 'de jongens'. 'Dirk Willem is pas zes.'
Ze had het tot nu toe niet geweten. Nelly als moeder en Willem de vader. Ika kon er zich geen voorstelling van maken. Willem Peters, de bleke jongen, die op zijn zestiende verjaardag de duurste brommer had gekregen die zijn ouders vinden konden. 'Opschepper', had ze vroeger vaak gedacht, 'ze willen altijd meer dan een ander.' Nelly's man en de vader van haar neven.
Ze was tante! Even trok er een glimlach langs haar mond. Tante Ika. 'Lieve Ika'...
Wat moest ze? Geen eten, dat was duidelijk. Haar maag draaide om. Thee, nog meer thee; dat was tenminste warm en vertrouwd. Een pijnstiller ook; de druk boven haar ogen voorspelde niet veel goeds.
Terwijl ze de tablet uit het stripje drukte, zuchtte ze diep en herinnerde zich de angst waarmee ze wakker was geworden vannacht. Bezweet en met bonzend hart was ze rechtop geschoten. De droom die ze niet kon pakken. Enkel de dreiging van iets vreselijks, dat haar bij de keel greep. Ze had niet meer durven slapen en uren liggen turen of er al licht aan de lucht kwam. Het voorgevoel bedroog haar nooit.
Twee tabletten maar en luisteren naar het zingen van de ketel en het loeien van de nog steeds aanwakkerende wind.

Storm. Moeder was ongeneeslijk ziek. 'Lieve Ika'.
Midden in de nacht zat Ika ineens rechtop in bed. Wakker geschrokken met een vraag in haar bonzende hoofd. 'Heeft moeder naar mij gevraagd? Heeft ze gevraagd of ik wil komen? Wil zij mij zien? Of is het een initiatief van Nelly?'
Omdat er op die vraag geen antwoord was, riep de ene vraag de volgende op. Maakte het haar iets uit of moeder naar haar had gevraagd? Maakte het verschil als het Nelly's initiatief zou zijn?
De donkere kamer kreeg langzaam de contouren van de woonkamer van haar ouderlijk huis.

*

Ika keek rond met de stofdoek nog in haar hand. Dertien was ze en met moeders schort voor was het net alsof ze al borsten kreeg. Had ze niet zes weken lang voor alles gezorgd? Al de tijd dat moeder in het ziekenhuis had gelegen, was Ika moeder in huis geweest. Ze had gewassen en gekookt, gestreken en zelfs elke week de buitenboel gedaan. Vader wilde het zo, het mocht niet verslonzen terwijl moeder ziek was. En nu moeder thuis kwam, moest alles extra netjes zijn. Ze had zelfs de verdorde bloemen uit de geraniums in de vensterbank geplukt. Moeder deed dat immers ook altijd! En de appeltaart in de oven rook zo lekker. Alles was klaar, moeder mocht komen.
Het duurde lang. Ika bleef maar heen en weer lopen. Was het laken op moeders bed gladgestreken? En lag er een zakdoek onder het kussen bij de schone pon?
Ze zette vast water op voor de koffie en poetste de langzaam warm wordende ketel op met een scheutje spiritus op de stofdoek. Moeder hield van glimmende dingen. 'Als de ketel en de kraan glimmen, is de keuken proper', zei ze altijd. Bovendien rook spiritus zo lekker.
Ze keek naar haar gezicht dat bol en rond vertekend in de ketel te zien was. Wat een grote mond had ze zo!
Met een schreeuw gooide ze de stofdoek weg. Hij brandde! De spiritus natuurlijk!
Op dat moment hoorde ze een auto het grindpad oprijden. Vader! Met moeder!

In één greep had ze de brandende stofdoek weer opgepakt en drukte hem in een radeloos gebaar tegen haar borst. De brandlucht schoot scherp in haar neus. Dan, ijskoud en helder ineens, deed ze de kraan open en gooide de doek in de gootsteen. 'n Sissend zwart hoopje; het stonk verschrikkelijk.
Voetstappen bij de deur, vader...

*

Ika draaide zich om. Niet aan vader denken! Slapen moest ze; morgen wachtte er weer een drukke dag. En als die hoofdpijn niet over ging, was ze geen klap waard.
Ze legde haar hand op haar ogen. Hij voelde warm en zwaar aan. Ze telde van één tot honderd. Ze dacht aan de zee, aan golven van rust en regelmaat.

*

'Waar is Nelly?', vroeg moeder. Wat had ze een bleek gezicht en wat stonden haar ogen raar! Haar haar lag zomaar los op het kussen. Dun, donker haar met grijze strepen, maar wel heel lang.
'Bij Carien', haastte ze zich te zeggen. 'Ik zou haar net gaan halen; eerst moest alles klaar zijn!'
'Noem je dat klaar? De boel zowat in de hens als je moeder thuiskomt! Waar zit je verstand?' Dat was vader.
En moeders stem daartegenin: 'Laat nou maar, Dirk. Ze heeft haar straf al wel gehad! Ik wil nou Nelly...'
Ika vloog naar buiten om Nelly te zoeken. Pas toen Nelly op haar knieën voor moeders ledikant neerbonkte, durfde ze naar haar handen te kijken. Blaren vanzelf! Dat zou zeer doen als ze de vaat moest wassen!

*

Had moeder naar haar gevraagd, deze keer? Had ze gezegd: 'Nelly, ik zou zo graag Ika nog eens zien! Ik wil nou Ika...'
O God, moeder was ongeneeslijk ziek! En Nelly schreef: 'Lieve Ika'...
Huilen en hoofdpijn vormden een slechte combinatie, dat wist ze uit ervaring. Maar wat moest ze anders...

2

'Ik zie het al, zeg maar niets... Ga maar zitten; ik haal eerst koffie!'
Met die woorden werd Ika begroet toen ze het kleine kantoor naast de werkschuur binnenstapte.
Simone Berger, groot en fors achter het bureau, stond op, waarbij haar stoel krassend over het linoleum naar achteren schoof. Ika greep naar haar hoofd.
'Sorry!', zei de chef met een scheve glimlach om Ika's vertrokken gezicht.
Met twee bekertjes koffie kwam Simone weer binnen en ging tegenover Ika zitten. Nu tilde ze de stoel op alsof hij niets woog.
'Wat is er?'
Ika keek naar het grove gezicht van haar chef. Alles leek te fors en toch was het een aantrekkelijk gezicht. Krachtig, maar op een vriendelijke manier. Met ogen van het warmste bruin en gave, maar onregelmatige tanden. Zeer kort geknipte donkerblond haar gaf haar iets mannelijks. Net als haar manier van lopen en haar harde stem deden. Simone Berger, eigenaar van Bergers Groenarrangementen, bewonderd en benijd om haar expansiedrift en succes, zakenvrouw van de bovenste plank, van wie maar weinig mensen meer wisten dan dat ze integer en toch doeltreffend te werk ging. Maar voor Ika was ze haar gewicht in goud waard.
'Hoofdpijn!'
'Ja, dat zie ik ook wel, maar dan hoef je er toch nog niet zo uit te zien?'

Ika warmde haar handen aan het bekertje; aarzelde of ze moest praten of niet.
Simone ging verzitten. Ze leunde achterover tot de stoel kraakte, legde haar handen in haar nek, rechtte haar rug en wachtte.
Ika verbeet een glimlach. Een forse vrouw als Simone moest zo niet zitten, niet zo met haar enorme borsten naar voren. De donkerblauwe sweater leek ineens te klein, hoewel het labeltje extra extra large, zoals gewoonlijk, te zien was in Simones nek. Gek dat bij sommige mensen dat soort dingen altijd naar buiten wil, dacht Ika; ook de lusjes van Simones broeken en van haar zeldzame rokken kwamen altijd tevoorschijn.
Simone bleef kijken, zoals zij alleen kon kijken: niet boos, niet vriendelijk, niet op een afstand, niet dwingend, maar onverzettelijk. Ze zou blijven zitten tot Ika sprak.
Ika zuchtte, het was een sprong in het diepe. Als ze vertelde van de brief, zouden die brief en de vraag van Nelly meer en meer bezit van haar nemen. Ze zou onontkoombaar Nelly en moeder in bescherming nemen tegen Simones blik. Ze zou gaan verdedigen, gaan vergoelijken, verontschuldigingen bedenken en ze wist niet of ze dat wel wilde.
Als ze praten zou met Simone, zou ze partij kiezen. Onafwendbaar.

*

Meester Molenaar had bruine ogen, die alles zagen, ook dat wat je niet zeggen wou. Ika had het meteen gevoeld toen ze bij hem in de klas kwam. De vijfde klas. Meester Molenaar hield van vijfde-klassers, zei hij altijd. Omdat die nog net niet groot zijn, maar ook allang niet meer klein.
Bij meester Molenaar kreeg je een tafeltje en een stoeltje, in plaats van een bank-voor-twee. Wel stonden die tafeltjes twee aan twee in de rij, maar het gaf toch een gevoel van: dit is mijn terrein. Je kon schuiven als je dat wilde. Het was een soort zelfstandigheid, die echt bij de vijfde klas hoorde. En bij meester Molenaar. Hij zei immers altijd dat kinderen mensen moesten worden. Daar moest Ika vaak over denken. Het leek zo logisch: eerst ben je kind en dan word je een groot mens. Maar zoals de

meester het zei, had het meer betekenis. Een opdracht of zoiets! Hoofdpijn, die vroeger buikpijn heette, zorgde ervoor dat Ika met haar hoofd op haar armen op het tafeltje lag. Ze hoefde niet mee te doen met rekenen. De meester zag wel dat het echt niet ging. 'Ga maar naar huis, Ika!'
Ze had nee geschud, niet naar huis, dat vond vader niet goed. Hij vond het slap als je het opgaf. 'We kweken hier geen kasplantjes! Als ik bij alles wat ik voelde, stopte met werken, dan hadden jullie geen droog brood!'
De ogen van de meester werden zachter. 'Ga dan hier maar even slapen, zo met je hoofd op je armen. Wij zullen zachtjes werken!'
Warm was het, de tafel besloeg van haar adem. Het rook naar vernis en naar school. Ze wilde niet huilen. Waarom zou ze toch altijd huilerig worden als iemand iets liefs zei?
Of keek zoals de meester net keek? Zo aardig...
Ze schrok van de bel; had ze dan toch geslapen? De rekenschriften waren al opgehaald.
Toen ze overeind kwam, streek ze met haar mouw gauw het plasje spuug weg, dat op het tafeltje lag. Had ze zo liggen kwijlen?
De meester ging danken. Het gewone gebed van elke dag, maar toch steeds een beetje anders. Ika kreeg een kleur toen de meester vroeg of God wilde zorgen voor een goede nachtrust en kracht voor morgen om uitgerust en opgewekt weer aan het werk te kunnen. Dat vroeg hij voor haar!
Toen de klas leegliep, kwam de meester naar haar toe.
'Vertel je het thuis wel, dat je zo vaak buikpijn hebt?'
Ika schudde haar hoofd en knikte toen toch. De meester glimlachte en tilde haar gezicht omhoog met zijn hand onder haar kin. 'Je hebt de vouwen van je mouw op je voorhoofd!', zei hij.
En toen het even stil was geweest, wat Ika nog verlegener maakte, vroeg hij: 'Word je nog zo geplaagd?' Zijn ogen keken alsof hij hoopte dat ze 'nee' zou zeggen.
Ze zei het daarom ook. 'Nee hoor, meester, niet elke dag meer! Ik ren uit school altijd heel hard en ik ga door de Julianastraat. Dat weten ze niet!'
'Maar dat is toch de andere kant op?'

‘Ja, daarom juist!’
Er kwam iets guitigs en toch droevigs in de ogen van de meester. ‘Slimmerd!’
‘Gaat het thuis wel goed? Met je moeder, bedoel ik.’
Ika knikte ijverig. ‘Ze is weer helemaal beter, zegt dokter Spaan, maar ik blijf toch nog maar goed helpen, want je weet nooit... En vader zegt dat luiheid het oorkussen van de duivel is!’
De meester lachte. Wat was het fijn om zo met de meester te praten, zo echt als mensen! ‘Helpt je zusje ook mee?’
‘Nelly is toch nog veel te klein!’
‘Ga nou maar’, zei de meester, ‘en je hoeft niet door de Julianastraat, want de jongens zijn allang weg!’

*

Simone keek nog steeds, alleen zuchtte ze af en toe.
‘Oké, je weet toch van geen ophouden!’, zei Ika.
‘Hè, hè’, zei Simone en ging weer gewoon zitten, met haar armen op het bureau. ‘Spuit maar op!’
‘Mijn moeder is ziek.’
Wenkbrauwen die omhoog vlogen, een hoofd dat iets naar voren kwam. ‘Wie?’
‘Mijn moeder’, herhaalde Ika met een zucht. ‘Ik kreeg gisteren een brief van Nelly...’
Weer die wenkbrauwen!
‘Hè, toe nou, Simone!’
Handen in een afwerende verontschuldiging.
Simone boog zich voorover in luisterhouding. ‘Wat heeft ze?’
‘Dat weet ik niet. In de brief schrijft Nelly ‘ongeneeslijk’ en ook dat de dokter zegt dat het niet lang meer duren zal. Ze staat al op de wachtlijst voor een verpleegtehuis, want Nelly kan ook niet altijd voor haar zorgen. Die heeft ook een gezin!’
‘Is dat zo?’ Kort en droog.
Even schoot er een schaduw van een lach over Ika’s gezicht. In alle opmerkingen in heel haar doen en laten toonde Simone haar loyaliteit.
‘In de brief praat ze over de jongens, dat zijn, naar ik aanneem, haar zoons.’

‘Heeft ze die brief in opdracht van je moeder geschreven?’
Een bezeerde trek rond Ika’s mond en een lichte schouderbeweging vertelden genoeg.
Ineens ging Simone staan en boog zich over het bureau naar Ika toe en beet fel: ‘Ik heb van die mensen geen hoge pet op, Ika! Vijftien jaar lang ben je een verschoppeling, een pikzwart schaap... Wat zeg ik, vijftien jaar? Je hele leven al! En nu er hulp nodig is voor je moeder ben je goed genoeg! Zie je dan zelf niet dat je gebruikt wordt?’
Moe legde Ika een hand over haar ogen. Hoe moest ze het zeggen, zo dat Simone begreep wat er aan gedachten en gevoelens worstelden in haar hart?
‘Ik wil niet over de drijfveren van moeder of Nelly nadenken, maar over de mijne... Ik moet proberen hier mee klaar te komen vanuit wat ik voel en denk. Heb ik niet al die jaren ergens een verstopt verlangen gehad naar thuis? Heb ik niet al die tijd krom gelopen van schuldgevoel?’
O, die ogen van Simone. Zo moest ze altijd kijken. Als ze altijd zo zou kijken, kreeg ze de Nobelprijs voor het verdedigen van de mensenrechten.
‘Dat laatste zeker!’, zei Simone.
Ze stond op en liep drie stappen, haalde toen uit naar het archief, waarvan de onderste la altijd een flinke schop nodig had om open te springen. Het kwam hard aan, want ze hinkte even.

*

De groengeverfde schuur stond achter in de tuin. Net als het huis had de schuur rood-witte luiken. Ika had iets met de schuur, ze speelde er vaak ‘huisje’. Van een paar kisten maakte ze een tafeltje en een bank. De pop Annelies sliep in een kartonnen doos met een dekentje van het oude gordijn van de voorkamer. Ika keek om zich heen. Wat kon ze nog meer doen om het echter te maken?
Als ze Nelly’s serviesje eens mocht! En van moeder limonade en een beschuit! Waar was Nelly eigenlijk? Als Nelly mee wilde spelen, dan mocht het serviesje vanzelf. En als Nelly dan aan moeder vroeg om limonade en beschuit... En dan zou zij, Ika,

beloven dat ze alles, àlles weer op zou ruimen, zodat vader er niets van merken zou dat ze in de schuur hadden gespeeld.
Ika ging op zoek naar Nelly. Toen ze op Nelly's kamertje het serviesje zag, twijfelde ze even of ze het vast mee zou nemen. Maar nee, dat durfde ze toch niet aan. Moeder had niet graag dat ze aan elkaars spullen zaten en stel je voor dat Nelly er ruzie om zou maken!
Toen Ika weer buitenkwam vond ze Nelly bij de schuur. Ze vertelde van haar plan en Nelly wilde wel. 'Als ik moeder zijn mag!'
Ika beet even op haar lip, ze had er een hekel aan om vader te moeten spelen.
'Mag ik dan jouw vriendin zijn, die bij jou woont?' Toen Nelly twijfelde omdat er toch ook een vader zijn moest, zei Ika: 'Jouw allerbeste vriendin, die uit een ver land komt. En een vader hebben we niet, die is al gestorven!'
Nelly stemde toe en ging naar moeder om de limonade en Ika haalde het serviesje. Ze deed alles in haar rok om het in een keer te kunnen dragen. Daardoor kreeg ze een standje van moeder. 'Wie loopt er nou met haar rok omhoog zowat in haar onderbroek! Als je vader het zag!'
In de schuur was Nelly al met de limonade. Ika zette het serviesje op de tafel.
Nelly stond nog bij de deur, toen Ika al weer opvloog om aan moeder te vragen of ze het matje voor de deur zolang mochten. In haar haast zwiepte ze de schuurdeur achter zich dicht. Twee stappen verder hoorde ze Nelly's gillen. Hoog en vol pijn. Ze wist het voor ze het zag. De schuurdeur! Nelly's vingers ertussen...
Zelf spierwit van schrik bracht ze haar gillende zusje naar binnen. 'Onder de kraan! Vlug, dan voel je het niet meer!'
Moeder was niet in de keuken, o, gelukkig, moeder was er niet! Misschien kon ze Nelly tot bedaren brengen voordat moeder kwam.
'Stil maar, Nelly, stil maar, hou je vingers maar onder de kraan. Jij mag altijd wel moeder zijn, hoor! Altijd! En ik zal wel vader zijn.'
Het huilen werd al minder en ging over in zachter snikken. Ika bekeek het gekwetste handje. Niet blauw waren de nagels, maar

op twee ervan zat wel een diepe kneep die wit afstak in een roder wordende rand.
Toen moeder binnenkwam, begon Nelly opnieuw hard te huilen. Moeder duwde Ika weg en ging zelf Nelly's hand onder kraan houden. Ika stamelde dat het echt per ongeluk was gegaan. Moeders ogen waren zo afwerend en koud, dat ze niet eens hoefde zeggen: 'Ga naar buiten, jij!'
Ika ging al. Met tranen in haar ogen stond ze in de open schuurdeur naar haar huisje te kijken. Ver weg hoorde ze nog Nelly's huilen en moeders sussende stem. Haar schuld!
Ze legde haar hand op de deurpost, deed haar ogen dicht en klapte de deur met een ruk dicht. De pijn vlamde tot aan haar schouder en bleef als een gemene, scherpe dolk achter in haar buik. Ze keek naar haar vingers waar langzaamaan de pijn zich concentreerde. Wat trilde haar hand. Een nagel was gebarsten, er druppelde bloed op de tegels, maar de andere nagel, die paars werd, deed het meeste pijn. De pijn was onverdraaglijk, maar het was goed. Het was haar schuld, dus zij moest het voelen.

*

Simone keek op van haar werk. Ika legde de telefoon net neer na een zakelijk gesprek. 'Zou je eerst die dokter niet eens bellen?', vroeg Simone.
'Dokter Spaan?'
'Ja, die huisarts van je moeder. Het lijkt me zinnig om te weten wat er precies met je moeder aan de hand is. Kijk, ongeneeslijk kan ook jaren duren! Je moeder is altijd ziek, zwak en misselijk geweest; dat soort houdt het meestal lang uit!'
'Ach, het was meer een manier van leven van moeder. Als ze ziek was, werd ze ontzien, kon ze zich terugtrekken of een beroep doen op ons. Zodra ze beter was, begon vader weer op zijn poot te spelen. Heus, voor ons waren de tijden dat moeder ziek was een verademing; dan hield hij zich tenminste koest!'
Terwijl ze het zei, schrok ze van het woord 'ons'. Daarmee bedoelde ze zichzelf en Nelly. Maar was dat ooit 'ons' geweest?
'Wat ik me afvraag: waarom is die man eigenlijk met je moeder getrouwd?'

'Ik weet het niet. Er zijn zoveel dingen die ik niet weet. Er kon nooit over het verleden gesproken worden. Over wie mijn vader nou eigenlijk is en hoe ik begonnen ben. Was het een verkrachting of had mijn moeder toen verkering? Het enige wat ik weet, is dat het leven mij bij voorbaat al onmogelijk gemaakt werd doordat mijn komst een schande was. Jij kunt je dat niet voorstellen, Simone, maar een man als mijn opa, de vader van mijn moeder, dat was geen gewoon mens. Een dominee had in die tijd, misschien daar nu nog wel, zoveel invloed. Er werd zo tegen hem opgezien en dan ineens een dochter die zwanger was... Mijn moeder heeft het niet voor niets tot het einde toe verzwegen! Misschien heeft opa later dat huwelijk geregeld. Daar zie ik hem wel voor aan. Hij zal er zelfs trots op geweest zijn, nog een boerenzoon versierd te hebben voor zijn bevlekte dochter!'
Simone zuchtte. 'Ik snap niets van die zware mensen. Ik weet ook niet veel van het Christendom, maar volgens mij geven zij er toch wel een verkeerde invulling aan. Had je opa niet eigenlijk een voorbeeld van christelijke ontferming en liefde moeten zijn toen zijn dochter zo gepakt was?'
'Houd er maar over op, Simone. Vind je echt dat ik die dokter kan bellen?'
'Ika, soms zou ik je kunnen rammelen!' Met een klap belandde het telefoonboek op Ika's bureau.
Met de deurknop al in haar hand draaide Simone zich om en zei: 'Ik ben weg, eerst naar Vertoren en daarna naar de architect van het Promenade Hotel om de afmetingen na te gaan; dan kunnen we vanmiddag samen een begroting samenstellen voor dat project! En als ik terugkom, dan is jouw hoofdpijn gezakt en dan heb jij met die dokter gesproken!'
Ika keek verschrikt op. 'Ik zou toch met Vertoren onderhandelen?'
'Ja, met zulke hoofdpijnogen zeker. En je dan flink in de luren laten leggen door die gladjanus! Heb je me gehoord?'
Ika zuchtte. 'Yes boss. Je had sergeant-majoor moeten worden, jij!'
Even een oplichten van de bruine ogen, maar de stem bleef onder controle. 'Ben ik ook, voor jou tenminste. Je hebt van die mensen die je tegen zichzelf in bescherming moet nemen.'

Het knallen van de deur deed Ika voor de zoveelste keer naar haar hoofd grijpen.

*

Dokter Spaan. Ze had hem thuis vaker gezien, dan in de spreekkamer. Hij kwam altijd voor moeder en hij schudde vaak zijn hoofd. Ika wist zich één keer te herinneren dat ze samen met moeder in de spreekkamer was geweest. Toen ging het om haar. De schooldokter had er bij moeder op aangedrongen de buikpijn van Ika serieus te nemen.
Moeder had eerst nog gezegd: 'Ach, buikpijn komt zoveel voor... En het gaat toch altijd vanzelf weer over!'
De schoolarts had streng over zijn halve brilletje gekeken. Van moeder naar Ika en terug. Raar was dat, zo'n half brilletje. Ika had het nog nooit eerder gezien.
'Mevrouw, kinderen die frequent buikpijn hebben, lopen kans later migrainepatiënten te worden. Kinderen lokaliseren namelijk pijn in hun buik.'
Moeder had geschokschouderd, iets wat ze altijd deed als ze het niet begreep. De dokter gebruikte ook wel erg moeilijke woorden. Gaf haar dokter Spaan maar, die sprak tenminste zijn moerstaal!
Toen moeder het woord deed in de spreekkamer bij dokter Spaan, klonk de verontwaardiging in haar stem nog door. Alsof ze niets beters te doen had dan naar de praatjes van zo'n schooldokter te luisteren! Dokter Spaan keek op de kaart voor zich. Er stond weinig op. Alleen Ika's naam en adres en een aantekening van een middenoorontsteking.
'Ze is nooit ziek, dokter, dat weet u zelf wel! Wat dat betreft heeft ze gelukkig mijn aanleg niet!', ging moeder door.
Dokter Spaan knikte maar wat en vroeg toen ineens, onverwachts: 'Waarom heeft dat kind in godsnaam zo'n vreselijke naam?'
Het bloed was naar moeders wangen geschoten. 'Daar heeft u niets mee van doen en als ik u was, zou ik de naam van de Allerhoogste maar niet ijdel gebruiken!'
Ze was opgestaan, had haar rok gladgestreken en had Ika naar de deur getrokken. Dokter Spaan had niets gezegd, alleen gekeken.

’s Avonds had moeder gezegd tegen vader, dat ze misschien toch beter die nieuwe dokter konden nemen. Dokter Spaan was niet meer wat hij geweest was!
Maar vader wilde er niets van weten. Van dokter Spaan wist je wat je aan hem had. En zo’n nieuwlichter, die op zondag voor elk wissewasje in zijn auto stapte, was niets voor ons soort mensen.
Over buikpijn werd niet meer gesproken.

*

Het telefoonnummer was zo gevonden.
‘Met de assistente van dokter Spaan.’
‘Met Ika Boerema; ik zou de dokter graag even spreken.’
‘Waar gaat het over?’
Ika zuchtte: ‘Dat zou ik hem graag zelf zeggen!’
‘Hoe was uw naam ook weer?’
Ika spelde haar naam en toen de assistente haar naam herhaalde, langzaam en lettergreep voor lettergreep, klonk ineens op de achtergrond de basstem van dokter Spaan zelf. Woordelijk kon Ika verstaan wat hij zei. ‘Zet haar maar op mijn toestel.’

3

'Er is geen ontkomen aan', had hij gezegd. 'Je moeder heeft van alles gehad, maar hier is geen kruid meer tegen gewassen! Longkanker in een ver stadium, uitzaaiingen in de hersenen. Het enige wat ik doen kan, is zorgen dat ze geen pijn heeft!'
'Hoelang denkt u...'
'Drie maanden hoogstens; het kan best nog korter zijn!'
Ze had hem bedankt en wilde neerleggen, maar hoorde dat hij nog iets zei en vroeg of hij zijn vraag wilde herhalen.
'Kom je d'r nog wel eens?'
Wat moest ze zeggen? Wat wist hij?
'Het zou van dit telefoontje afhangen', zei ze eerlijk.
'En?'
Lang duurde de stilte.
'Ik weet het niet.'
'Er zijn beslissingen die je kunt uitstellen; deze niet, Ikabod Boerema!'
Het was het noemen van haar naam, waardoor Ika ineens de hoorn op de haak gooide.

*

Ze was jarig die dag, die zondag. Tien jaar, dat voelde al heel groot. Ze had ook nieuwe schoenen, zaterdags gekregen, voor haar verjaardag – en ook omdat ze ze nodig had. Vader hield van nuttige cadeaus. – Van opa had ze een tasje voor de kerk. Het was een blauw schoudertasje en het sloot met een glimmende gesp.

Ook dat had ze zaterdag al gekregen, want op zondag vierden ze geen verjaardagen. Op zondag gingen ze naar de kerk, dan naar de zondagsschool en daarna weer naar de kerk. Tenminste, vader en Ika, want moeder bleef 's avonds bij Nelly thuis.
Vooral op de zondagsschool verheugde Ika zich. Daar kon ze haar tasje en haar schoenen laten zien aan de anderen. Niet dat ze dat openlijk zou doen, maar ze zou zo lopen dat alle kinderen het zagen, ook de meiden van school, die haar hadden uitgelachen om haar afgedragen schoenen. Ze ging op de hoek van de stoelenrij zitten.
De zondagsschoolmeester was ouderling Van der Hoek. Dat was jammer! Ika had zo gehoopt dat het juffrouw Toms zou zijn; die kon veel mooier vertellen, al was het vaak een beetje kinderachtig. Ouderling Van der Hoek las eerst een lang stuk uit de Bijbel, daarna gingen ze zingen en de tekst, die ze thuis geleerd hadden, opzeggen en dan bleef er voor het verhaal niet zoveel tijd meer over.
Onder het lezen zat Ika haar tekst nog eens te repeteren. Het was een moeilijke dit keer. 'Gedenkt der vorige dingen niet, en overlegt de oude dingen niet. Ziet, Ik zal wat nieuws maken, nu zal het uitspruiten, zult gijlieden dat niet weten? Ja, Ik zal in de woestijn een weg leggen, en rivieren in de wildernis.' Wel vier keer achterelkaar zei ze de tekst op in haar hoofd. Ze wilde op haar verjaardag toch zeker vier punten halen. Dat was het hoogste!
Ineens merkte ze dat het stil was en dat alle kinderen naar haar keken. Waarom? Wisten ze ineens van haar nieuwe schoenen? Of was er wat anders? Een vurig rood trok over haar wangen. Zelfs ouderling Van der Hoek keek haar aan, hij was gestopt met lezen. Had hij werkelijk haar naam gezegd? Had hij haar misschien een vraag gesteld? Had ze het niet gehoord? Radeloos keek ze om zich heen. Wat wàs er dan?
Ouderling van der Hoek kuchte en boog zich opnieuw over de Bijbel: 'Omdat de ark Gods gevankelijk weggevoerd was, en om haars schoonvaders en haars mans wil. En zij zeide: De eer is gevankelijk weggevoerd uit Israël, want de ark Gods is genomen!'
Ika voelde het bloed wegstromen uit haar hoofd; een beetje duize-

lig leunde ze tegen de rugleuning. Waarom keken ze allemaal? Wat had dat lezen met haar te maken? Ze werd er onzeker en bang van. De tekst ging helemaal niet, het was ineens of ze helemaal vergeten was wat ze zeggen moest. De helpster, één van de grootste meisjes, moest wel drie keer voorzeggen. Teleurgesteld en in de war keek Ika naar haar kaart. Eén punt maar! Daar zou ze straf voor krijgen thuis.

Meester Van der Hoek begon moeizaam en stotend aan het verhaal van Eli's dood. Ika kon niet luisteren. Haar hele hoofd zat vol met een angst die ze zelf niet begreep. Ze drukte haar nieuwe tasje tegen haar buik, dan voelde ze het niet zo erg.

Pas de laatste zin van het verhaal drong weer tot haar door. Dat was omdat ouderling Van der Hoek zo strak naar haar keek.

'Een schande was het voor het volk van Israël, een grote schande. God laat niet met zich spotten, kinders! De eer was geroofd! De arke Gods in handen van de heidense Filistijnen. Het was daarom dat die stervende moeder haar kind Ikabod noemde: 'schande!' Laat dit voor ons, kinders, een les zijn, dat we maar niet zo door kunnen leven als we geboren zijn, in zonde. En dat we eenmaal voor de rechterstoel Gods komen moeten. En wat zal dan het oordeel zijn?'

Niemand zei iets tegen haar toen ze het stenen stoepje afliep.

Maar kijken was nog erger dan schelden.

Thuisgekomen zocht ze een manier om ongezien de Bijbel te nemen en te zoeken naar het gedeelte dat ouderling Van der Hoek had gelezen. Kon het werkelijk zo zijn dat haar naam daar genoemd werd? Ze kon het niet vinden en durfde het niet te vragen.

Aan het eind van de dag had ze koorts; tenminste, dat dacht moeder. Het was waar dat er vuurrode blossen gloeiden op haar wangen en dat ze haar tanden op elkaar moest klemmen om het klapperen tegen te gaan. Maar of het nou koorts was?

Toen ze op bed lag, wist ze dat het niet van de koorts was, maar alleen van het ophouden van het huilen. Want toen haar kussen nat was, bedaarde ze langzamerhand, al bleef het erg raar om te huilen op je verjaardag waarop je je zo verheugd had!

*

Toen Simone terugkwam, was het al laat in de middag. Ika was maar vast begonnen aan een opzet voor de inrichting van de omgeving van het Promenade Hotel. Er moest een patio komen en een overdekte wintertuin.
Het was nog niet eens zeker dat ze de opdracht kregen. Simone was vaak te hard in haar onderhandelingen en bepaald veel geduld had ze ook niet. Meestal deed Ika de besprekingen.
Ika hoopte dat Simone de opdracht in de wacht zou slepen. Het zou een mooi visitekaartje voor het bedrijf zijn. Kantoren en instellingen die op een verantwoorde wijze een stukje natuur binnen wilden halen, waren bij hen aan het goede adres. Bergers Groenarrangementen verzorgde niet alleen de inrichting, maar ook het onderhoud. De zaak liep best, maar het had hun tot nu toe aan grote opdrachten ontbroken. Het Promenade Hotel zou een uitdaging zijn!
Ika had in haar hoofd al verschillende ontwerpen. Vooral met de wintertuin kon ze uit de voeten. Simone zorgde voor de technisch-zakelijke kant en voor het financiële gedeelte. Ika maakte de tekeningen en zocht de planten uit. Het was een taakverdeling waar ze beiden zeer gelukkig mee waren.
Ika had vaak het gevoel dat ze partners waren, al stond ze gewoon te boek als medewerkster. Ach, misschien kwam het omdat ze ook vriendinnen geworden waren in de loop van de tien jaar die Ika bij Bergers Groenarrangementen werkte. Alhoewel het woord vriendin niet paste bij Simone; Simone was een vriend, een kameraad.
Ika schoot spontaan in de lach toen Simone binnenstormde.
De blijdschap om de opdracht lag zo overduidelijk op haar brede gezicht, dat vragen overbodig was.
'We hebben hem!'
Simone liet zich met haar volle gewicht in de stoel zakken, schopte haar nette schoenen uit en zwaaide haar voeten op het bureau. Ze knikte en zei: 'Voorlopig zitten we goed, meid... Het is minstens een half jaar werk voor de jongens. We mogen ook de bestrating doen.'
'Liep het gesprek nogal?', vroeg Ika, toch nieuwsgierig.
Simone grijnsde van oor tot oor. 'Ingepakt! Vanavond trakteer ik

op een Chineesje; per slot van rekening was het jouw idee om daar een visje uit te gooien. Jongens, we hebben een snoek gevangen!'
Ika glimlachte als een boer met kiespijn om dat Chineesje.
'Ik hoef niet vandaag!'
'Dus het is niet over?'
Ika antwoordde met een voorzichtig hoofdschudden.
'Heb je die dokter gebeld?'
'Ja, het is echt een aflopende zaak. Hij geeft haar nog hoogstens drie maanden...'
Simone stond op en ging ijsberen.
Haar daarnet zo vrolijke gezicht stond hard. Het was alsof ze duizend stappen doen zou, voordat Ika het kon zeggen. Duizend treden naar beneden moest Ika.
En bij duizend zou ze zeggen dat ze ging.

*

Wakker zijn 's nachts was niet erg. Wel erg was het als je moest plassen. Ika was bang van de trap. En om te plassen moest ze naar beneden. De overloop ging nog, daar brandde het nachtlichtje. Maar de trap was een donker gat, met bovenaan de schaduwen van wat over het hekje rond de trap hing, een broek van vader of een schort van moeder. De broekspijpen waren lange benen en de banden van het schort waren touwen waarin ze verstrikt zou kunnen raken. En de koude stenen vloer van de gang, die Ika altijd het gevoel gaf in koud water te stappen, joeg de rillingen over haar rug.
Voorzichtig, met haar hand aan de leuning, daalde Ika de trap af. Veertien treden wist ze; ze telde altijd. In gedachten zong ze een regel uit het psalmvers van die week. Je moest aan iets anders denken, had ze geleerd. Of net doen alsof het licht was. En je hoefde nergens bang voor te zijn: in het donker was de gang echt hetzelfde als overdag.
Meester Molenaar zei dat je altijd bidden mocht, ook als je bang was. Halverwege de trap moest ze opeens knielen, anders ging het fout. Maar haar rug naar het enge donker keren, was vreselijk.

Hoeveel treden had ze nu? Was ze er al? Ze vergiste zich in de laatste tree en viel de donkere, ijskoude gang in. Ze wist dat ze niet mocht schreeuwen. Met uiterste krachtsinspanning hield ze de kreet tegen en ze vergat dat ze moest plassen. Warm droop het langs haar benen toen ze de trap opvloog.
Maar voordat ze bij haar bed was, was het even koud als het gevoel dat in haar hart kroop. Geplast, zomaar in de gang en wat moest ze met die natte broek...?

*

Simone stond stil bij het raam. Ze bewoog haar vingers alsof ze op de ruit trommelde, maar er was geen geluid. Ika schoof het werk van zich af omdat er ruimte komen moest.
Toen zei ze: 'Kun je je voorstellen...'
Nog voor ze haperde, knikte Simone.
'Doe of laat in 's hemelsnaam niet iets waar je later spijt van hebt!'
Ika kwam naast haar staan. Ze zou het liefst haar armen om Simone heen slaan, maar dat ging niet bij haar. Een klap op haar schouder was het enige, maar dat paste weer niet bij dit moment. Even legde ze haar voorhoofd tegen Simones schouder, voor ze zei: 'Ik ben zo bang.... het moment dat ik daar binnenstap... als alles me bedelven zal!'
Simone schokschouderde, zowel om de woorden als om het gebaar te ontlopen.
'Bang mag je zijn, maar er zijn twee dingen die ze je niet aan mogen praten: schuld en verwijt! Die heb je, al dan niet rechtvaardig, nu inmiddels wel uitgeboet! Wat er ook geofferd moet worden, jij hebt je offer wel gebracht!'
In een paar stappen was ze bij haar bureau en begon haar tas leeg te maken. Ze zou het nooit hardop zeggen, wist Ika, maar wat er ook gebeurde, Simone stond achter haar.
Ze zou gaan. Wanneer, dat was nog niet aan de orde. Eerst het meest voor de hand liggende, de vlammen achter haar ogen en het borende geweld in haar schedel sussen met duisternis en rust. Ook dat had Simone begrepen, want zonder woorden haalde ze Ika's jas en rammelde met de autosleutels.

4

Ika werd wakker met een gevoel van verwondering. Het moest nog vroeg zijn: in de kamer begon een stil, wit licht en er was buiten geen ander geluid dan dat van vogels.
Het verwonderde gevoel had met een droom te maken. Het geluid van de vogels ook.
Ver weg koerde een duif en ze wist het weer.
Voorzichtig bewoog ze haar hoofd. Na zo'n aanval als van gisteren moest ze proberen hoeveel het lijden kon. Soms bleek het monster nog ergens achter haar oor te zitten of in de spieren van haar nek.
Weer riep de duif. Ze sloeg het dekbed terug en ging zitten. De golf van misselijkheid bleef uit, dus kon ze opstaan.
Voor het open raam overdacht ze de droom.

*

Ze was thuis. Moeder zat aan tafel en schilde peren. De tortelduif in zijn houten hokje boven de gangdeur 'lachte'. Moeder 'lachte' terug. Ze kon het geluid precies nabootsen. De duif boog en koerde. Ook dat geluid kon moeder nadoen. Het was alsof ze samen een gesprek voerden.
Ze had gekeken naar moeders opgeheven gezicht, naar haar mond als ze 'koekeroe' zei. Het was alsof ze een kus gaf in de lucht.

*

Het was een droom die werkelijkheid had kunnen zijn. Misschien had ze het vroeger precies zo gezien en in haar hoofd

opgeslagen voor nu. Misschien had de pijn van gisteren dit boven gehaald, opgedolven uit de zee van herinneringen.
Dit was goed. Moeder die praatte met de duif. En vooral moeders mond. Mooi was die mond in haar herinnering. Moeders mond kon ineens zachtheid geven aan haar ernstige gezicht. Het was een kleine mond die meestal strak stond, maar soms opwippende hoekjes had, die liepen tot in de dunne plooi van haar wang.
Hoe zou moeder er nu uitzien? Hoe zag iemand er uit, die ongeneeslijk ziek was en nog maar kort te leven had?
Ika kon zich geen andere voorstelling van haar maken, dan hoe ze was in de droom. Haar opgeheven gezicht zoals ze aan tafel zat, haar handen bruin van het peren schillen.
Zou de duif nog leven? Het zou best kunnen. Tortelduiven kunnen heel oud worden. Het was eigenlijk háár duif!
Ika ademde diep de frisse ochtendlucht in voor ze het raam op de haak zette.
Vanmiddag zou ze gaan, als Simone het goed vond dat ze vrij nam.

*

Opa van vaders kant had een boerderij. Ika kwam daar graag, hoewel opa een stille man was en oma allang dood. Ika kwam daar voor Aaltje, de oude meid. Aaltje was aardig, vond Ika.
Aaltje was altijd blij als ze kwam. Dat kon Ika zien aan haar ogen en ook aan de manier waarop ze meteen een beker melk voor haar inschonk, soms nog warm. 'Verser kan het niet!', zei Aaltje, als ze de beker voor Ika op het roodgeblokte tafelzeiltje zette.
Ika hield niet zo van melk die nog warm was van het koeielijf, maar omdat Aaltje keek, deed ze net alsof ze het lekker vond.
'We hebben jonge tortels!', zei Aaltje, 'in de kastanje voor 't huis!'
'Mag ik gaan kijken?'
'Je ziet ze niet, hoor, ze zitten hoog. Maar als je goed luistert, kun je ze horen. Ze piepen al een beetje!'
Ika ging meteen.

De kastanjeboom voor het huis was groot en dik. Ika vond hem prachtig. Er was maar één boom die nog mooier was en dat was de oude juttepeer, die zich over hun schuurtje boog.
Ika keek omhoog, haar hoofd scheef van het luisteren. Toen ze niets hoorde, legde ze haar armen rond de stam en luisterde met haar oor tegen de bast.
Uit de stal kwam het hoesten van een koe en heel ver ratelde de trein. Wat waren er eigenlijk veel geluiden! De wind die in de takken zong en het klapperen van een stuk zeildoek ergens. En Aaltje zong van de lof, die zelfs in de nacht gezongen wordt.
Ika luisterde naar de uithalen. 'En mijn hart, wat mij moog' treffen, tot de God des levens heffen...'
'De God des levens', dat was mooi. Dat had te maken met de jonge duiven en met het liedje uit de klas van juffrouw De Wit:
'God, die alles maakte, de lucht en 't zonlicht blij,
de hemel, zee en aarde, zorgt ook voor mij...'
Ze wilde het wel zingen, maar dat kon nu niet, want ze moest wachten op het piepen van de jonge tortels. Toch zong het versje in haar hoofd; dat was niet tegen te houden.
Ineens stond opa naast haar. Hij liep op zijn sloffen, want op klompen had ze hem wel aan horen komen.
'Doe je?'
'Luisteren naar de tortels, opa! Maar ik hoor niks!'
'De voorkant, boven 't hek!'
Opa liep mee en wees tussen de takken het nest aan. Het duurde lang voor ze het gevonden had. Net toen opa zich omdraaide, hoorde ze het piepen..., maar het kwam van de grond! Tussen wat dor blad lag een jonge duif; hij was nog zo goed als kaal en verschrikkelijk lelijk.
Toen hij in opa's hand lag, kon Ika zich niet voorstellen dat dat later een zachte, gladde duif worden zou.
'Uit 't nest gestoten...', zei opa.
'Maar waarom dan?'
Opa haalde zijn schouders op en zei: ''k Zal er maar een eind aan maken, voordat de kat...'
'Ach, opa, mag ik...?'

Hij legde hem in haar open handen; Ika had nooit gedacht dat opa zo voorzichtig doen zou.
'Oud brood met melk en later zaad...'
De hele weg naar huis was Ika bang geweest dat moeder het niet goed zou vinden. Moeder hield niet van dieren.
Het duifje bewoog in haar hand. Ze keek nog eens goed. Wat raar zagen zijn ogen er uit, zo roodblauw onder dat dunne vliesje!
'Stil maar, echt, stil maar!', zei ze steeds tegen het duifje en tegen haar eigen angst dat het niet mocht.

*

Terwijl ze door de vroege morgen fietste, kwam weer de verwondering boven.
En ze wist nog precies hoe moeder gekeken had, toen ze bang en toch dapper voor haar stond en langzaam haar handen hief, zodat moeder goed zien kon hoe zielig het was.
'Uit het nest gestoten..., zomaar over de rand...'
Al haar medelijden en verontwaardiging stopte ze in die paar woorden.
En toen, als een warme springvloed, haar blijdschap om het antwoord van moeder.
'Er is in de schuur nog een duivenhok, geloof ik...'
Dat ze dat moment toch zo lang vergeten was. Het was niet minder dan een wonder geweest!
Ze zou erover praten met moeder. Niet alleen over al het andere, ook over de duif en waarom moeder het goed gevonden had. Dat leek op dit moment ineens het belangrijkste.
'O God, als de duif nog maar leeft!'

*

De polder lag die middag overrijp in de zon. De beukebomen langs de tiendweg hadden de kleur van oud goud. Ook hier had de storm huisgehouden: er lagen veel takken op de weg. Hoog was het gras langs de berm; de koeien bogen hun koppen over het hek om het sappigste gras daarvandaan te halen.
Dat het zo mooi was! Ika had het gevoel dat haar hart haar borst uitgroeide.

Bij het dorp was er veel veranderd. Er was een totaal nieuwe wijk gebouwd. De dorpsstraat had ook hier boetieks en een keur aan supermarkten.
Even overwoog ze om bloemen te kopen, maar het leek haar geen goed idee.
Ika zette de auto aan het begin van de straat. Ze zou verder lopen. Hun straat! Nieuwe boompjes en een pleintje, waar vroeger de speeltuin was.
Er was hier niet bijgebouwd. Nog steeds was hun huis het laatste. Het weiland daarachter was veranderd in een volkstuinencomplex. Goed dat vader dat niet meegemaakt had, of had hij het wel...?
Wat raar dat ze niets wist van de laatste vijftien jaar. Voor het eerst vroeg Ika zich af waarom ze niet gereageerd had op de rouwkaart van vader. Toen was ze toch al vier jaar weg. Ze had kunnen gaan voor moeder en Nelly.
Ze schrok op toen achter haar de harde bel van een winkelwagen klonk. Hij stopte vlak bij het huis. Nogmaals klonk de bel.
De buurvrouw liep rakelings langs haar. Ze praatte al van verre tegen de melkboer, die zich uit de wagen boog om haar lege flessen over te nemen.
Ika liep door. Ze kon niet aanbellen nu, met de ogen van de buurvrouw en de melkboer in haar rug.
Toen ze voorbij het huis was, hoorde ze voetstappen door het grind. Eén blik achterom en ze wist dat het Nelly was, anders... maar onmiskenbaar. Toen Nelly de buurvrouw groette, herkende Ika ook haar stem.
Haast voordat het plan in haar opkwam, was ze al met de uitvoering bezig. Ika liep terug, ging over de grasrand langs het grind naar achter en vond de keukendeur open.

De geur van het huis overweldigde haar. Het granieten aanrecht, het gasstel en de kokosmat, de voorraadbussen op de kast, alles was er nog. De vaatdoek was nog steeds een versleten hemd.
Ze greep de theedoek en stopte haar gezicht erin. Ze rook de wind en de zon en de strijkbout. Met de theedoek nog in haar hand ging ze verder. De twee treetjes op, naar de kamer.
De luiken stonden aan voor de zon, het was er schemerig. De

pendule op de schoorsteen tikte nadrukkelijk. Het pluche tafelkleed had geen zeiltje meer en er waren nieuwe stoelen.
Haar ogen zochten de schuifdeuren naar de voorkamer. Daar zou moeder wel liggen. Ze liep erheen en de glas-in-loodruitjes van de schuifdeuren rinkelden. Vroeger had ze daaraan kunnen horen of er een groot mens of een kind binnenkwam, als ze in de voorkamer zat te leren. Dan wist ze of ze het bibliotheekboek onder haar schoolboeken moest stoppen of niet.
Nu rinkelden de ruitjes bij haar stappen; dat hadden ze vroeger nooit gedaan.
Toch hoefden de schuifdeuren maar een klein stukje open.
Het bed stond bij het raam. Het stond op blokken.
Ika zakte stil neer op de stoel in de hoek.
Moeder sliep. Haar hoofd lag wat scheef op het kussen en haar ene hand lag op het laken. Het was kleiner geworden, haar gezicht. De wangen waren ingevallen en de oogleden leken doorschijnend. Maar het was moeder nog. De mond was een stukje open en de adem ging hoorbaar. Het haar lag in een dunne vlecht langs het hoofd, bijna wit.
De dekens gaven de omtrek van haar lichaam weer. Mager moest ze zijn, erg mager.
Er stond een po onder het bed. Op het nachtkastje stonden een beker en een halfgevuld glas.
Ika's ogen vonden een tekening, boven het bed in het behang geprikt. Het was een onbeholpen kindertekening van een bed met een breed-lachend mens erin. 'Voor oma, van Willem', stond er onder. In het behang geprikt! Dat gaf de waarde ervan weer.
Door de dunne gordijnen zag Ika de schaduwen van de buurvrouw en van Nelly uit de winkelwagen komen. De wagen reed weg en de buurvrouw begon een praatje. Ika kon het bijna woordelijk verstaan. Het ging over de toestand van moeder. De buurvrouw schudde meewarig het hoofd, toen Nelly vertelde dat ze de hele nacht zo onrustig geweest was.
'Willem heeft geen oog dicht gedaan; kapot was hij vanmorgen! Ze wilde maar steeds uit bed, naar de wc. Maar ze kan niet op haar benen staan en ze wil niet door een man geholpen worden... Maar ik ben de hele dag al bij haar...'

De stem van Nelly werd klagerig en de buurvrouw ging over op een ander onderwerp, haar naaimachine die niet meer wilde. Wilde Nelly, die er toch verstand van had, even meelopen om te kijken wat er mankeerde?
Nelly knikte en gaf antwoord. Ze was mollig geworden in haar huwelijk. Vooral haar heupen waren breed, of kwam dat door de plooirok die ze droeg? Haar haar was nog steeds haar grootste schoonheid. Ze droeg het nu opgestoken in een losse rol op haar achterhoofd. De kurketrekkerkrulletjes waren er nog rond haar gezicht. Ze leek, zoals vroeger, op een tevreden poes. Ze had lippenstift op en dat verbaasde Ika.
Ika had zo naar haar gekeken dat ze het antwoord niet gehoord had. Nelly kwam achterom. Ika hoorde aan het rammelen van de flessen dat ze werden neergezet in de keuken. De ruitjes van de schuifdeuren trilden. De voetstappen stopten en Ika begreep dat Nelly door de kier naar moeder keek.
Ze hield haar adem in, maar de voetstappen verwijderden zich weer. En even later hoorde Ika de deur bij de buurvrouw dichtslaan. Langzaam liet Ika haar ingehouden adem ontsnappen.

Terwijl ze haar blik van de schuifdeuren afwendde, voelde ze dat moeder keek. Alleen haar ogen bewogen in de richting van moeders ogen, verder zat Ika doodstil.
Wat was er met moeders ogen, dat ze enkel maar keek? Dat er geen verandering kwam, geen herkenning?
Er was een stilte in de kamer die niet kapot kon, te zwaar drukte de stilte op haar schouders. Er was niets dan die in elkaar vallende blik. Zonder schrik, zonder verbazing.
Alsof moeder geweten had dat zij daar zou zitten. Alsof zij daar gisteren ook gezeten had.
Dit doodstille kijken hief de tijd op. Ika kende die ogen, grijsblauw als vroeger, met altijd het rood van gesprongen adertjes. Het was alsof dit kijken geen geluid kon velen.
Er moesten eeuwen overbrugd worden, bergen van angst, ravijnen van pijn, diepten van eenzaamheid. Het was als zweefden zij samen in het universum, waarin het geluid geen stem had. Als

bestond het lichaam uit enkel oog en legde het zien elk ander zintuig lam.

Het slaan van de pendule riep de tijd terug.
Toen bewoog moeders hand, de hand die op het laken lag. Ika kon eindelijk haar ogen losmaken en kijken naar die hand, die eerst ontspannen lag, maar in een langzame, krampachtige beweging nu het laken greep. Alsof moeder nu pas wist dat ze er werkelijk zat.
Die hand werd ineens de hand van vroeger, de hand die een klap uitdeelde, die haar bij de schouder greep. De hand die haar aanwees, die bestraffend op de halfbeslagen ruit tikte.
De vlam van paniek schoot in haar omhoog. In een ruk schoof ze de stoel achteruit en vloog ze de schuifdeuren door, de deur uit, de straat over, alsof ze achternagezeten werd.
Hijgend en misselijk kwam ze bij in de besloten ruimte van de auto. Toen pas drong tot haar door dat ze de duif had horen koeren toen ze vluchtte.

*

'Wat moet die duif hier?', had vader gevraagd toen hij 's avonds thuis kwam. Ika voelde de kleur uit haar gezicht wegtrekken. Radeloos keek ze naar moeder. Als moeder nu maar wat zei...! Maar Nelly begon argeloos te vertellen. Ika had ook haar ervan kunnen overtuigen hoe zielig het wel was! Nelly had geholpen bij het zoeken naar het hok en moeder had al die tijd met de duif in haar schoot gezeten. Nee, ze had hem niet willen vasthouden, maar Ika mocht hem leggen in het warme holletje in haar schoot, op haar schort.
Ika had erbij staan slikken; ze had moeder wel willen vastpakken en strelen over haar gezicht, omdat ze zo lief was!
Het hok stond helemaal achteraan op een hoge plank. Nelly bedacht dat vader het maar moest pakken, maar Ika was bang dat het dan alsnog niet door zou gaan. Voor vader kwam, moest de duif hoog en droog in zijn hokje zitten. Vader moest zien dat het mocht, dat moeder al beslist had.
Met halsbrekende toeren lukte het Ika om het hok naar beneden

te krijgen. Het zat onder het spinrag en vuil. Op aanwijzing van moeder maakte ze het hok schoon. Nelly vouwde intussen een krant, zodat die op de bodem paste.
Een oude boterham met een scheutje melk en dan voorzichtig de duif erbij gezet.
Met stralende ogen zei Ika: 'Voel eens, hij is helemaal warm geworden bij u!'
Maar moeder hoefde niet te voelen; ze zei alleen: 'Hij overleeft het wel!'
Nelly's verhaal ging langs haar heen, ze lette enkel op het gezicht van vader. Wat zou hij zeggen?
Hij sputterde wel tegen, maar niet zo heel erg. Dat kwam vast omdat Nelly het vertelde; als Nelly vertelde, dansten haar kurketrekkers mee met het knikken en schudden van haar hoofd.
'Wat vind jij ervan?', vroeg vader, met een blik op moeder.
Moeder haalde haar schouders op. Haar ogen gleden even langs Ika, maar ze keek naar Nelly toen ze zei: 'Het kind wil het zo graag!'
Het gevoel van saamhorigheid, het zeker weten dat moeder met opzet in het midden liet welk kind het zo graag wilde, maakte Ika zo van streek dat ze niet kon eten die avond.
Ze had een geheim met moeder.

*

Toen Ika de auto startte, besefte ze dat ze opnieuw een geheim met moeder had.

5

Ika had nog drie dagen nodig. Eén dag om de beslissing te nemen, één dag om dat aan Simone duidelijk te maken en één dag om het werk te regelen.
De eerste dag viel op zaterdag. In plaats van uit te slapen, lag Ika naar het plafond te staren. Het gevoel in haar hart drong aan: er is geen andere weg...
Dit was anders dan toen met vader; daar was ze niet bij betrokken geweest. Dat had ze weg kunnen zetten bij de zaken die waren afgehandeld. Ook bij de trouwkaart van Nelly had ze geen enkele drang gevoeld om erheen te gaan. Ze zou niets hebben toegevoegd aan dat gebeuren; waarschijnlijk zou ze zelfs een stoorzender geweest zijn.
Maar met moeder lag het anders. Ze had moeder het meest verwenst, maar ook het meest liefgehad. De grootste verwijten waren aan moeder gericht, maar ook had ze voor haar de grootste verontschuldigingen gezocht. Moeder kon nog niet worden weggezet bij de dingen die voorbij waren. Het laatste stuk van het pad zouden ze samen lopen, moeder en zij.
Bang vroeg Ika zich die dag af wat ze ervan verwachtte. Dacht ze echt dat het altijd goed kwam aan een sterfbed? Wat zou er in haar gebeuren als de taak die ze op zich nam, te zwaar bleek? Waren er nog meer treden te gaan? Moest het nog dieper? Deed ze het enkel om zichzelf gerust te stellen met de gedachte dat zij tenminste alles had gedaan wat in haar vermogen lag? Moest ze zichzelf bewijzen dat het aan haar niet lag? Dat zij tot het uiterste gaan zou? Zou

moeder nu willen praten? Zou moeder uiteindelijk dan toch het zwijgen verbreken en vertellen wie haar vader was?
Hoe zou het contact zijn met Nelly? En met alle anderen, die ze na jaren weer ontmoeten zou? De dominee, de ouderlingen, de familieleden, die moeder zeker zouden bezoeken. Als een berg zag ze daar tegenop. Vragen zouden op haar worden afgevuurd: waar ben je geweest, waar woon je, wat doe je... en waarom...? Ze wist al precies hoe men haar zou bekijken, schattend wat ze bereikt had, nieuwsgierig naar haar persoonlijk leven, denigrerend over haar uiterlijk. De bekrompenheid van het hele dorp zou over haar heen komen.
Het was ook daarom dat ze per se werk mee wilde nemen, zodat ze zich op legale wijze kon onttrekken aan gezelschap dat haar niet aanstond. Als ze zich, zo nu en dan, maar vast kon houden aan het vertrouwde, het werk waar ze van hield. Werk om in weg te kruipen: iets moois maken van de wintertuin en de patio van het Promenade Hotel. Ze zou iets voor zichzelf moeten hebben om niet te verdrinken in de zee van voorheen.
Het contact met Simone zou haar moeten vrijwaren van de angst in vroeger te zijn beland. Ze zou zichzelf dagelijks voorhouden dat de vlucht jaren geleden al had plaatsgevonden en dat ze zich een bestaan verworven had. Simone zou het anker zijn, waarmee ze zich verbonden wist. Dat was de slotsom van deze eerste dag.

De pinkstermarkt! Het vroege opstaan op de tweede pinkster, om zes uur al buiten lopen. Rillend van kou en genot, rammelend met het zuinig gespaarde kleingeld en de gulden van opa.
Ika verheugde zich al dagen van tevoren. Vooral op het moment dat ze om de hoek van Breestraat het plein voor het gemeentehuis in het oog kreeg. Eén bloemenzee, van tuingoed tot kamerplanten en van slaplantjes tot reusachtige varens.
Nelly liep naast haar en vader en moeder zouden later komen. Maar niet zo erg laat, want ze moesten ook nog naar de kerk.
Ika hoopte dat de grote wagen er weer stond, van waaruit een koopman, die prachtig kon schreeuwen, de mooiste planten aan de man bracht. Ika luisterde graag naar hem; hij zei steeds hetzelfde, maar met andere woorden. Hij begon met één plant voor

een rijksdaalder. Daar deed hij er dan nog één bij omdat hij in zo'n goede bui was en nog één omdat het zulk mooi weer was en soms nog één omdat het morgen weer regenen zou. Het was onzin, maar het verkocht en Ika stond vol bewondering te luisteren. Ika dacht dat deze koopman de beste was: hij zorgde ervoor dat bijna alle mensen naar huis gingen met hun armen vol.
'Kom Nelly, laten we eerst deze rij nemen', drong Ika aan toen Nelly langzamer ging lopen.
'Ik heb het koud!', bibberde Nelly, 'en komen vader en moeder nou al gauw?'
Ika knikte haastig en trok haar voort. Ze had een hele kraam cactussen ontdekt. Daar hield moeder van, omdat ze zo gemakkelijk waren. Misschien zou ze er eentje kopen voor moeder! Maar ze kon nog geen beslissing nemen, eerst moest ze alles hebben gezien.
Bij de perkplanten bleef ze staan. Het was niet haar bedoeling iets voor de tuin te kopen, maar de heldergele zonnetjes van de voorjaarszonnebloem leken haar te roepen. Op dunne stelen boven frisgroen blad met een klein kartelrandje wuifden de zongezichtjes in de wind.
Ika kon er niet voorbij en Nelly drentelde alleen verder. Ika vergat te roepen dat ze moest wachten. In haar hoofd ontstond opeens een eigen tuintje, het stukje naast de schuur waar alleen maar judaspenning groeide. Als het van vader mocht, zou ze daar zelf voor kunnen zorgen. Een stukje grond van haarzelf... Ze zou ook een paar bonen tegen de schuur aan kunnen laten klimmen, of een tomaat. Het idee gaf zo'n perspectief, dat haar hart volstroomde. Misschien kon ze ook radijsjes zaaien!
'Doronicum caucasicum', zei de jongen naast haar.
Verschrikt keek ze op. Hij knikte en stond met het air van een echte marktventer, zijn handen in zijn zakken, haar schattend aan te kijken.
'Wat zeg je?', vroeg Ika, terwijl ze met het geld rammelde, zodat hij weten zou dat ze dat had.
'Doronicum caucasicum of, in het gewoon voorjaarszonnebloem.'
Voor zichzelf herhaalde ze de toverwoorden, die zo uitstekend pasten bij de wuivende zongezichtjes.

Ze haalde al haar geld uit haar jaszak en gaf het hem.
Hij telde en streek over zijn haar.
'Is het te weinig?', vroeg ze in spanning.
'Hoeveel wil je er?'
Hij moest lachen om de opluchting op haar gezicht. Ineens zei hij: 'Ik ken je wel, jij komt wel eens bij Aaltje! Ik woon ook op de Herenweg; de tuinderij verderop is van m'n vader!'
Hij wees met zijn duim over zijn schouder naar de grote, blonde man die met een klant afrekende. Vakkundig rolde hij de plant in een krant en zei, terwijl hij in zijn broekzakken naar een kwartje zocht: ''t Is een vaste, hij komt elk jaar vanzelf weerom!'
'Weet je alle namen?', wilde Ika weten.
Hij knikte alsof het niets was. ''k Hoor het iedere dag, geen kunst aan!'
'Ik ga een eigen tuintje maken!', vertrouwde Ika hem toe.
'Kom maar eens langs als je in de buurt bent. Bij ons ligt altijd wel wat!'
Ika ging verwonderd op zoek naar Nelly, die tussen vader en moeder in huppelde toen ze haar vond. Vaders ogen stonden donker. 'Noem je dat op je zusje letten?'
Ze kon beter even wachten met het vragen. Om het goed te maken, kocht ze voor moeder een cactus en voor Nelly een kaneelstok. Toen was haar geld precies op. Ze moesten trouwens naar huis, anders kwamen ze te laat voor de kerk. De zonnetjes bogen met elke stap op de maat van hun naam: doronicum caucasicum.
En tijdens de kerkdienst ontwierp Ika haar eerste tuin. Hij was krap twee vierkante meter, maar in haar ogen zo groot als het paradijs waar de dominee over preekte.

*

Met Simone lag het moeilijker. Ika belde haar zondagsmorgens uit bed.
'Kan ik vanmiddag even komen?', vroeg ze, bedeesder dan gewoonlijk.
Simone klonk niet erg welwillend: 'Zo! Op zondagmiddag nog wel! 't Moet dringend zijn...'

'Dat is het ook.'
'Is ze dood?'
'Nee, maar kunnen we vanmiddag verder praten?'
'Dat zal dan wel ruzie worden!', constateerde Simone en gooide de hoorn op de haak.
Wel tien keer repeteerde Ika hoe ze het vertellen zou en ze werd er niet geruster op. Ruzie met Simone was het laatste wat ze gebruiken kon in deze situatie.
Toen ze om half drie op Simones bel drukte, was ze al haar argumenten weer kwijt. Zwijgend liet Simone haar binnenkomen en voorgaan naar de kamer.
Als altijd kwam Ika onder de indruk van Simones huis. Uitzonderlijk eenvoudig, robuust en toch warm. Wie bij Simone binnenkwam, keek in haar ziel. Vandaar dat ze zo weinig mensen ontving.
De bruine chesterfield was het enige grote meubel in de kamer. De glazen wand naar de werkelijk schitterende tuin was het schilderij dat de kamer overheerste.
Simone liet zich vallen in de rieten stoel die kraakte; ze vouwde haar armen over haar borst. Ika nam de bank en klemde haar handen in haar schoot. Er was er haar veel aan gelegen dat Simone het begreep. Ze hadden immers alleen elkaar.
Eerst was er alleen het zwijgende kijken, waarin de ogen al met het gevecht begonnen schenen te zijn.
Toen Ika bleef zwijgen, begon Simone: 'Waarom zou je het doen? Kun je me één argument geven waarom je je moeder zou gaan verplegen? Ben je werkelijk van plan al die jaren van ontworsteling te niet te doen door een sentimentele brief, waar 'Lieve Ika' boven staat?'
Ika keek de tuin in waar de dieppaarse kleur van de herfstasters nog uitbundig vertegenwoordigd was. Een vogel dronk in de vijver. Het bleef zo stil in de kamer, dat het klaterende geluid van de fontein te horen was. Ze kreeg het gevoel dat haar hoofd los van haar romp raakte en door de kamer begon te zweven. Het suisde in haar oren en in de hoeken van de kamer kwam een witte mist op.
Een kletsnatte lap bracht haar weer bij haar positieven. De ogen

van Simone zoals ze altijd zouden moeten zijn, waren vlak boven haar. Ze lag op de vloer en toen de kamer weer stilstond, moest ze ineens lachen om Simone, die nog meer water uit een bloemenvaas op haar herenzakdoek goot.
'Ja, lach jij maar, snertmeid, ik schrik me kapot!'
Het lachen werd huilen, ook bij Simone, die niet huilen kon.
Het was een rare vertoning, waardoor ze naderhand toch weer lachen moesten.
Uiteindelijk gaf Simone haar een goedbedoelde, maar nogal harde stomp en hees zich omhoog aan de glazen tafel.
'Snertmeid!', zei ze nogmaals, terwijl ze twee flinke glazen port inschonk.
Ika vreesde voor het glas toen Simone het voor haar neerzette. In een paar teugen had Simone het glas leeg, maar Ika had de port niet meer nodig. Ze kon in deze atmosfeer wel op eigen kracht vertellen.
En zo zette ze Simone op de stoel in de hoek naast de schuifdeuren.
Toen ze zweeg, had Simone nog een vraag.
'Wil je werkelijk wel weten wie je vader was?'

*

Het was een wintermiddag geweest. Om vier uur was de schemer al gevallen.
Ze zat in de tweede klas van de mulo. De bus naar huis was zoals gewoonlijk overvol. Het was dringen en duwen, de zware boekentas voor zich uit schuivend over de vloer van de bus. De chauffeur probeerde toch bij elke halte nog wat mensen erbij te proppen. Hij bleef maar roepen dat ze door moesten lopen naar achteren, hoewel hij moest weten dat er werkelijk geen ruimte meer over was. Tegen haar zin drukte Ika zich in de mensenmassa. Achterin stond ze niet graag, daar zaten de jongens van de technische school. Ze was een beetje bang van hen, alhoewel ze niet meer gepest werd, sinds ze van de dorpsschool af was. Maar ergens diep in haar sluimerde het vermoeden dat deze jongens gevaarlijker konden zijn dan de plaaggeesten van vroeger. Aarzelend gaf ze gehoor aan de norse oproep van de chauffeur dat 'er

nog een paar mensen ook zo graag met deze bus naar huis willen!'

Ze stond nu klem tegen een bank en het grote lichaam van een beer van een jongen. Hij was waarschijnlijk niet eens zoveel ouder dan zijzelf. Vlak voor haar ogen zag ze zijn kin met nog maar een paar eenzame haren erop. Hij sprak met iemand verderop in de bus. Ze voelde zijn adem in haar haar en het bewegen van zijn borstkas als hij luid lachend terugschreeuwde. Ze begon door haar mond te ademen, omdat ze zijn lichaamsgeur akelig vond.

Ika kreeg het gevoel dat hij steeds zwaarder op haar leunde, alsof ze verpletterd worden zou. Bij elke bocht in de weg voelde ze zijn lichaam vanaf zijn harde knieën tegen zich aan. Hij deed niets en had waarschijnlijk niet eens door dat hij haar platwalste, maar Ika kreeg het tot stikkens toe benauwd. De eerstvolgende halte ontvluchtte ze zijn gewicht door de bus te verlaten. Klauwend en vechtend drong ze zich langs de verbaasde mensen een weg naar buiten.

De bus liet haar staan midden in de polder. Ze had nog zeker een uur te gaan, maar alles was op dit moment beter dan de nabijheid van die jongen in de bus.

Toen ze, veel later dan gewoonlijk, doodmoe met haar zware tas achterom kwam, wachtte haar een verrassing. Moeder had aan de deur gestaan! Dat was nog niet eerder gebeurd. Haar gezicht was spierwit en de opluchting was zelfs door de boosheid heen te horen.

Maar ze had niet kunnen vertellen waarom ze de bus uit was gevlucht, want moeder vond het onverantwoord om bij nacht en ontij over de eenzame polderweg te lopen. Dat was vragen om narigheid. Gaven ze haar daarvoor soms een duur busabonnement?

En wie zou het vader moeten vertellen als een kerel haar ik-weet-niet-wat had aangedaan?

Ika had moeders hand, die haar door elkaar rammelde, verdragen, want moeder had aan de deur staan wachten. Spierwit, met angstogen!

*

Ika haalde haar schouders op. 'Ik weet niet of het er nog iets toe doet, maar ik wil gewoon dat ze het zegt! Als het door een verkrachting gebeurd is, zal ik heus niet op zoek gaan naar die vent! En je ziet me toch ook niet op de stoep zitten van een gelukkig getrouwde kerel, om zijn leven in de war te schoppen met het feit dat ik misschien zijn dochter ben! Maar ze moet het me zeggen... Het gaat niet om wie het is, maar om het weten!'
Simone knikte en schonk zichzelf opnieuw in. Ika werd warm en droevig van de port, maar toch kon Simone haar niet overhalen om samen naar de Chinees te gaan. Ze moest er niet aan denken. Misschien kwam het omdat de port haar nogal zwaar op de maag lag en misschien ook omdat ze op zondag nog nooit uit eten was geweest.

De derde dag was een maandag. Hoewel er daarover niets besproken was tussen Simone en Ika, was het heel gewoon dat Ika de opdracht voor het Promenade Hotel meenam en al het materiaal dat ze dacht nodig te hebben. Het kleine tekenbord, de pennen, de lijsten met planten, de catalogi en de boeken. Het was nog een hele vracht. Maar elke kilo gaf gewicht aan het bestaan van nu en haar vriendschap met Simone.
Toen ze tegen vijven vertrok, zwaaide Simone haar na. Ze vulde bijna het hele raam met haar brede gebaar en Ika zou zweren dat het archief het daarna zou moeten ontgelden. Ze brak nog eens haar tenen!
'Als je me niet voor het einde van de week gebeld hebt, kom ik je hoogstpersoonlijk halen!', was het laatste dreigement geweest.
Het was een prachtig dreigement.

6

Waken en bidden, dat was zo ongeveer het enige wat Ika deed die nacht van maandag op dinsdag. Ze wilde dat ze als Simone was, die in zo'n geval met een gerust hart zoveel port zou drinken dat de mallemolen in haar hoofd vanzelf tot stilstand kwam. Ika kon dat niet en het was het risico van hoofdpijn trouwens niet waard. Ze zocht in het bijbeltje, dat ze gekregen had bij het verlaten van de zondagsschool, die ene tekst, die ze had moeten leren op haar verjaardag, toen ze de herkomst van haar naam leerde kennen. Ze wist de tekst nog, maar niet waar ze hem moest zoeken. Ze wilde weten wat er nog meer stond. Het leek ineens belangrijk.
'Gedenkt der vorige dingen niet en overlegt de oude dingen niet. Ziet, Ik zal wat nieuws maken, nu zal het uitspruiten, zult gijlieden dat niet weten? Ja, Ik zal in de woestijn een weg leggen, en rivieren in de wildernis.'
Als God dat doen zou, een weg voor haar maken in de woestijn en een rivier in de wildernis! Als het zover eens komen kon, dat de oude dingen voorbij waren en dat ze kon geloven in iets nieuws!
Het werd haar duidelijk dat Simone niet voldeed als plechtanker, hoe nodig ze die vriendschap ook had.
Ika stond op met het eerste licht. Het had geen zin langer te wachten, ze moest maar gaan.
Toen ze het dorp binnenreed, bleken de straten bevolkt met kinderen, op weg naar school. Joelend en rennend, zonder op het verkeer te letten, lieten ze Ika telkens op de rem trappen. Nieuws-

gierig keek ze de kinderen na. Zouden hier ook de jongens van Nelly bij lopen? Hoopte ze iets te herkennen in een kindergezicht? In een opwelling reed ze langs haar oude school, alsof ze nu toch uitstel zocht.

Op een afstandje parkeerde ze de auto en keek hoe de dorpsjeugd naar binnen dromde. Er waren lokalen bijgebouwd, maar de hal was nog dezelfde en het aquarium was er ook nog. Van alle volwassenen die ze op het plein zag lopen, herkende ze er niet één.

Dat stelde haar teleur, maar ze had het kunnen weten. Meester Molenaar en juffrouw Toms kon ze hier ook niet meer verwachten.

*

Als meester Molenaar huilde, dan gebeurde er iets met de klas. Stuk voor stuk hadden ze dan het gevoel dat ze keken naar iets waar je niet naar màg kijken.

Meester Molenaar huilde alleen als hij sprak over de nieuwe hemel en de nieuwe aarde. Hij ging dan wel gewoon door met vertellen, maar telkens hing er een druppel aan zijn kin, die uit zijn ooghoek vandaan langs zijn stoppelwang was komen glijden. Het werd een grote, donkere plek op zijn grijze overhemd, alsof hij verdriet gemorst had.

Niemand durfde er de gek mee te steken – zelfs niet achteraf – en dat kwam omdat hij zo mooi vertelde. Het was meer schilderen dan vertellen, vond Ika, want ze zag alles voor zich tot in de fijnste details.

'Ooit wordt alles nieuw, jongens. O, ik dank God ervoor dat ik weten mag dat Hij alles nieuw zal maken!' Dat was altijd de laatste zin. Daarna keerde hij zich met zijn rug naar de klas en snoot toeterend zijn neus en dan was hij weer gewoon, de meester die best tegen een grapje kon en ook weleens getreiterd werd. Maar op de dag dat hij gehuild had, was de klas bevangen door een wonderlijk respect, een soort eerbied.

Meester Molenaar werd eens door het schoolbestuur gehoord, omdat men eraan twijfelde of hij wel recht in de leer was. Er had iemand geklaagd dat de meester nooit sprak over zonde en schuld.

De hele school wist daarvan, zo'n praatje ging altijd snel. De sterkste jongens droegen de stoelen voor het schoolbestuur de trap op. Het schoolbestuur bestond uit vier mannen met zwarte pakken en sigaren. Ika herkende hen, ze zaten altijd in de kerkeraadsbank, voor in de kerk. Hun zware stemmen en lijven maakten de kinderen tot bleke, onbeweeglijke poppen. Ika was bang dat de meester zou gaan huilen toen hij de bijbelvertelling ging doen met achterin de klas die vier zwarte mannen.

Maar dat was niet zo, want hij vertelde niet over de nieuwe hemel en de nieuwe aarde. Het verhaal ging over Naäman, de Syriër, die naar Elia, de man Gods, kwam om genezen te worden van zijn melaatsheid. Meester Molenaar vertelde het prachtig. Ika durfde niet om te kijken, maar de mannen achter in de klas moesten het ook mooi vinden; dat kon niet anders!

Na afloop stelde de meester nog een paar vragen; dat deed hij wel vaker om te zien of ze het goed begrepen hadden.

'Wat is een man Gods precies?', was de vraag waar Ika het antwoord op wist.

Ze stak haar vinger op en na het toestemmende knikje zei ze: 'Zo iemand als u!'

De meester was heel rood geworden en zijn mond had gebeefd toen hij zei: 'Dat durf ik niet aan te nemen, Ika. Ik denk eerder dat ik iemand ben als de melaatse Naäman!'

Gelukkig ging hij niet alsnog huilen, wel snoot hij op de bekende manier zijn neus. Het schoolbestuur stond op en Ika zuchtte opgelucht nu ze niet langer die prikogen in haar rug voelde. Nee, dan de ogen van de meester, die ze steeds op zich voelde die dag.

*

De schoolbel wekte Ika uit haar gedachten. Het plein was leeg, op een enkele laatkomer na. Ze startte en reed langs de bekende weg, die ze vroeger naar school gelopen had. Een 'kippe-eindje' leek het nu.

Hun straat was nog stil; de vroege vogels waren gevlogen en nu was het wachten op koffie- of boodschappentijd.

Ze parkeerde de auto voor het huis en liep door het grind achter-

om. Ze verwachtte Nelly aan te treffen, maar toen ze door het keukenraam een vlugge blik naar binnen wierp, zag ze tot haar verbazing een forse man zich scheren bij het aanrecht.
Perplex als ze was, duurde het een paar seconden voor het tot haar doordrong dat dit Willem moest zijn. Ze had zich op alles voorbereid, maar niet op een confrontatie met een bijna onbekende zwager!
Haar schrikbeweging trok zijn aandacht, want hij draaide zich om met het scheerschuim nog op zijn wang. Hij had meer tijd nodig dan zij, maar toen was zijn reactie verbluffend snel. De keukendeur werd wagenwijd opengegooid.
'Verrek, da's vroeg bezoek!' En toen Ika nog staan bleef, wenkte zijn blote arm haar naar binnen. 'Kom d'r in, de koffie is klaar!'
De keuken leek hun keuken niet meer met Willem erin. Hij was hier de baas en dat klopte niet met de herinnering. Hij zette Ika in een mum van tijd een dampende kop koffie voor, nadat hij haar op een stoel aan de tafel had gedrukt.
Toen ging hij verder met scheren, al pratend. Ika kon zich niet heugen dat hij vroeger ook zo spraakzaam was. Ika keek naar zijn brede rug, naar de rollende spieren van zijn blote arm. Dat er uit die slungel van vroeger zo'n forse man gegroeid was! Er liep een druppel langs zijn rode nek in zijn hemd. Het kriebelde zeker, want hij gaf die plek een klap met zijn volle hand dat het kletste.
Zo nu en dan was er even oogcontact, via de scheerspiegel die nog van vader geweest was. Ika hoefde niets te zeggen of te vragen, Willem sprak voor twee.
Ze wist voor hij klaar was met scheren dat moeder een slechte nacht gehad had; net tegen de ochtend was ze in slaap gevallen. – Wat klonk het woord 'moeder' raar uit zijn mond! – En dat moeder sinds vrijdag niets anders had gedaan dan roepen om haar, om Ika. 'Mens, wat een spul hebben ze met haar meegemaakt! Ze bleef maar beweren dat ze jou gezien had en dat je weer weggegaan was zonder iets te zeggen! We hebben de dokter om een spuitje moeten vragen, ze was niet rustig te krijgen!' En dat het tof was dat ze gekomen was, al was tof misschien niet het goede woord. De jongens gebruikten het als super-superlatief, dus vandaar...

En tussen al dat geratel door kon Ika maar een ding denken: dat Nelly het helemaal nog niet zo slecht getroffen had met deze vent!
'Zal ik Nel even bellen dat je d'r bent?', vroeg hij, terwijl hij haar ongevraagd opnieuw van koffie voorzag.
Ika schudde haar hoofd. 'Ik zou graag eerst met moeder alleen zijn!'
Ze hoorde zelf hoe zacht haar stem klonk na het robuuste geluid dat Willem voortbracht.
'Oké, dan zeg ik dat even tegen Nel. Kan je het tot een uur of elf alleen af hier?'
'Graag!', knikte Ika.
Het huis werd doodstil toen hij de deur achter zich dichtgetrokken had.
Door de kier tussen de schuifdeuren keek Ika naar moeder. Ze sliep; haar borst ging met een rustige regelmaat omhoog. Haar gezicht was erg ingevallen; dat viel nu meer op dan vorige week. De jukbeenderen lagen zo duidelijk boven de holten waar vroeger haar wangen zaten. Ika keerde zich af, ze wilde geen herhaling van vorige week vrijdag. Ze zou wachten tot moeder riep. Haar hand streelde het pluche tafelkleed tegen de vleug in; dat deed ze vroeger ook als er geen zeiltje op lag.
Ze keek naar de duif boven de gangdeur. Hij keek naar haar vanaf zijn stokje en boog een paar keer voor hij koerde.
Ika schoof een stoel bij en klom erop. Ze deed het schuifje open en wachtte geduldig tot de duif van het stokje op haar hand sprong. Ze tilde hem eruit en hield het zachtje lijfje tegen haar wang. De duif was niet bang: hij wist het nog. Het hartje klopte tegen haar handpalm.
De pendule sloeg negen uur. Ze was thuis!
Ika zette de duif in het eerste plekje zon op het tafelkleed. Hij deed meteen zijn vleugel omhoog om zich ook onder zijn vleugel op te laten warmen. Alsof hij een zeil opzette.

*

Vader had toch gemerkt dat de duif van Ika was. Hij zat te vaak op haar schouder. Moeder vond het naar als hij vloog en dat

scheen hij te begrijpen. Zolang hij maar rustig bij Ika zat, mocht hij het hokje uit.
Op een dag in het voorjaar stond Ika voor het raam met de duif op haar schouder, toen er in de pereboom een soortgenoot begon te roepen.
Ika merkte aan het trillen van zijn vleugels dat hij de roep herkende. Hij riep terug en de duif in de pereboom antwoordde weer. Onrustig fladderde de duif naar Ika's hoofd en toen in één keer met een klap tegen het raam.
Ika schrok er vreselijk van. De duif viel terug en bleef even verdoofd in de vensterbank liggen.
Ika pakte hem op en bracht hem in zijn hokje, waar haar hand hem bleef strelen. Ze moest steeds naar het raam kijken, waar een flauwe afdruk van de vleugels te zien was. Nog steeds klonk de roep van de duif in pereboom.
Het besef dat haar duif misschien een andere duif nodig had om gelukkig te zijn, schokte haar. Dat hij zo bij haar weg wilde vliegen op de roep van een soortgenoot, was een gedachte die haar haast letterlijk pijn deed.
'Ik zorg toch goed voor je?', fluisterde ze met tranen in haar stem.
'Laat dat beest toch vliegen!', zei vader, 'het is toch logisch dat zo'n beest de vrijheid wil. Zou jij altijd in een hokje willen zitten?'
Moeder haalde er haar schouders over op. 'Eerst hemel en aarde bewegen om die duif te houden en nou wil je hem laten vliegen! Wat ben je toch voor een raar kind? Vind je dat schoonmaken van het hok nou zo erg?'
Maar daar ging het helemaal niet om. Het ging niet om wat zíj wilde, het ging om wat de duif wilde. Toen ze dat aan moeder uit wilde leggen, wilde moeder niet meer luisteren. 'Een duif heeft niks te willen!', zei ze.
Ika ging met het probleem naar opa; misschien dat die het antwoord wist.
Opa was aan het melken; ze wist niet eens of hij wel luisterde. Het bleef lang stil toen ze was uitverteld. Opa sjouwde de melkbus naar buiten; hij was de laatste boer die nog met bussen

werkte, want alle melk die niet gebruikt werd voor de kaasmakerij van Aaltje, werd aan huis verkocht. Ze liep achter hem aan, twijfelend of ze het verhaal opnieuw zou vertellen.
Maar opa had haar wel gehoord. Hij leunde tegen de stalmuur die warm was van de zon en keek met toegeknepen ogen naar de lucht, alsof hij regen verwachtte. Maar de lucht was zo helder dat er niets te verwachten viel dan veel zonneschijn.
'Een dier leert van zijn ouders niet alleen waar hij eten vinden kan, maar ook hoe hij zich beschermen moet tegen gevaar. Met dat eten zoeken zal het wel lukken, maar 't is toch niet de bedoeling dat de katten hem alsnog te grazen nemen, is het wel?'
Het was een hele redevoering voor opa en aldoor bleef hij naar de lucht kijken. Ika keek naar hem op, of hij nog meer zou zeggen. Maar hij draaide zich om en liep weg.
Langzaam liep Ika naar huis. Ze vergat helemaal dat ze Aaltje nog niet gegroet had. Thuisgekomen vertelde ze de duif over het verschil tussen vrijheid en veiligheid en dat het leven in een hokje dan wel niet geweldig was, maar heel wat beter dan te belanden in de klauwen van een kat.
'Maar', zei ze erbij, 'ik begrijp wel wat je voelt!'
Een aantal jaren later had Ika voor hetzelfde dilemma gestaan.

*

Met de duif tegen haar wang zocht Ika de kier tussen de schuifdeuren weer op. 'Misschien had je het toch moeten wagen!', zei ze met haar mond tegen de gladde veertjes.
De tijd kroop voorbij. Was het niet vreemd dat moeder zo lang bleef slapen? Ika waagde zich de kamer in en boog zich ongerust over het bed, luisterde naar de ademhaling en voelde de smalle pols.
Ze bekeek de potjes en doosjes met medicijnen die op het nachtkastje stonden. Misschien had Willem moeder een slaapmiddel gegeven. Maar de namen zeiden haar niets. Zou moeder werkelijk al die tabletten en capsules gebruiken? Ika telde wel zes verschillende soorten.
Naast de medicijnen lag de Bijbel. Ika nam hem mee naar de tafel in de achterkamer.

Ze keek waar hij open wilde vallen. Het was bij de boekenlegger die Nelly op de kleuterschool gemaakt had. Kleurige draadjes door gaatjeskarton getrokken. Ika glimlachte, omdat ze nog wist hoe trots Nelly erop geweest was. En nu lag dat dingetje al meer dan vijfentwintig jaar in de Bijbel en omdat moeder de Bijbel van voor naar achter las en opnieuw, legde haar hand de bladwijzer elke dag een bladzij verder.
De Bijbel viel open waar moeder gebleven was. Jesaja, hoofdstuk 43. Ika's ogen gleden erover. En ineens geboeid door een eeuwenoude regel las ze hardop verder: 'Maar nu, alzo zegt de Heere, uw Schepper, o Jakob! en uw Formeerder, o Israël! vrees niet, want Ik heb u verlost; Ik heb u bij uw naam geroepen, gij zijt Mijn. Wanneer gij zult gaan door het water, Ik zal bij u zijn, en door de rivieren, zij zullen u niet overstromen; wanneer gij door het vuur zult gaan, zult gij niet verbranden, en de vlam zal u niet aansteken. Want Ik ben de Heere, uw God, de Heilige Israëls, uw Heiland...'
Terwijl haar ogen over de regels vlogen, werd het zacht hardop lezen niet meer dan een fluistering, want verderop vond ze de tekst waar ze naar gezocht had: de oproep om niet aan de dingen van vroeger te denken en de belofte dat God iets nieuws maken zou, een weg in de woestijn en rivieren in de wildernis.
Zo ze ooit twijfelde tussen toevalligheid en vingerwijzing: dit keer was het niet minder dan een aanraking.
Ze legde haar voorhoofd op de dunne blaadjes.
Moeder moest maar wakker worden nu...

7

Voetstappen door het grind en het harde geluid van de bel deden Ika met een schok overeind komen. Van tussen de schuifdeuren kwam moeders stem, zacht en een beetje schor: 'Nelly..., er is iemand aan de deur, Nelly!'
Ika stond op, een ogenblik in twijfel wat ze het eerst doen moest. Op de schuifdeuren toelopend, bedacht ze zich op het laatste moment. Ze liep de gang in en kreeg met moeite de voordeur van het slot.
Er stond een kleine, mollige vrouw op de stoep, die Ika vaag bekend voorkwam. De vrouw glimlachte op een verrassend lieve manier en stak haar de hand toe. 'Wat fijn, dat ik nu de oudste dochter hier tref!'
Het opvallende brouwen en de geur van ontsmettingsmiddel die om haar heen hing, brachten Ika op het juiste spoor. Het was juffrouw Wamers, de wijkverpleegster.
Kordaat en rap had de zuster haar mantel al op de kapstok gehangen en alsof ze hier thuis was, liep ze de kamer door en schoof met een ruk de schuifdeuren wijd open.
'Goedemorgen, mevrouw De Haan, hoe is het vandaag? Ben ik niet mooi vroeg? Ik zal u eerst lekker wassen en dan heb ik misschien nog wel tijd voor een kopje koffie. Dat is gezellig, nietwaar?' Al brouwend haalde ze een teiltje onder het bed vandaan en greep uit de linnenkast twee handdoeken en een badlaken. In een vloeiende beweging, die niet bij haar molligheid

paste, stopte ze het teiltje in Ika's handen, draaide zich weer naar het bed en trok laken en dekens weg.
Ika stond nog in de deuropening, overtroefd door de aanwezigheid en de vaart van de zuster. Verschrikt, omdat moeder zo nietig geworden was, zo klein.
'Allee, meisje, het water! Niet te warm, voel maar met je elleboog net als bij het badwater voor een klein kind!'
Terwijl Ika in de keuken warm en koud water in de teil liet stromen, probeerde ze zich te herstellen. Ze vulde gelijk de ketel om nieuwe koffie te zetten; dat was dan ondanks de schrik toch tot haar doorgedrongen.
In de voorkamer ging het radde gebabbel van de zuster aan een stuk door. Toen Ika het water op de kleine tafel naast het bed zette, lag moeder inmiddels zonder nachtpon of hemd op het badlaken. Haar te grote, holle ogen volgden Ika waar ze kon.
'Wat fijn dat u nu uw oudste dochter bij u hebt, mevrouw De Haan. Zo kan uw andere dochter weer even de aandacht verleggen naar haar gezinnetje. Blijft uw dochter een poosje? Ze woont niet in de buurt zeker?'
Intussen werd het smalle, vervallen lichaam vakkundig ingezeept. Ika wilde niet kijken maar ze kon zich niet onttrekken aan wat ze zag. Gelukkig stond de zuster ervoor, zodat ze niet alles zag, maar een stakige arm en de rillende benen schokten haar, tot ergens diep in haar borst een pijn begon.
De ketel riep dat er koffie gezet moest worden en toen dat gebeurd was, riep de zuster.
'Komt u er even bij. Dan zal ik u voordoen hoe u de plekken van het doorliggen behandelen moet!'
Aarzelend kwam Ika aan het bed staan. Moeder lag nu op haar buik, haar hoofd half in het kussen. Ze was moe van de wasbeurt, want ze hijgde en had haar ogen gesloten.
De zuster wees de plekken aan. Schrijnend rood had de huid daar zich teruggetrokken. Doorschijnend dunne huid, die zelfs de druk van een plooi in het laken niet meer verdragen kon, lag daaromheen.
Ika voelde een golf van misselijkheid opkomen, maar ze bleef en

zag hoe voorzichtig de zuster de open plekken droog maakte met speciale tissues en föhnde met een kleine haardroger.
Het deed pijn; Ika zag het aan de kramp die door moeders lichaam trok. Ze kon er niet langer tegen en liep weg, stond even over de gootsteen gebogen en kon maar net de misselijkheid wegzuchten. En dat zou zij moeten behandelen?
Ze kwam pas terug toen moeder met haar schone pon aan een beetje hoger in de kussens zat. De zuster deed haar haar.
'Kan ik de koffie al inschenken?'
De zuster antwoordde bevestigend. Toen vielen Ika's ogen in de die van moeder. 'Ika!', zei moeder en er trok iets in haar gezicht dat het midden hield tussen huilen en lachen.
'O ja, Ika', zei de zuster, 'ik wist nog dat uw oudste dochter een bijzondere naam had... Hoe hebt u dat toch zo bedacht, mevrouw De Haan?'
Ika liep naar de keuken om het antwoord te ontlopen, maar moeder gaf geen antwoord.
'Ze mag niet te warm drinken, hoor!', zei de zuster toen ze ook het kopje van moeder van het theeblad pakte.
Onder het koffiedrinken zocht de zuster naar gezamenlijke herinneringen. Ze vertelde met smaak en vroeg steeds of Ika het zich nog herinnerde. Vooral haar jongste zus, Mieke, die wel vijftien jaar met haar scheelde en dus van Ika's leeftijd was, bleek het aardig geschoten te hebben.
'Misschien praat ze zoveel, omdat ik niets zeg!', dacht Ika.
Ze keek naar het kopje koffie van moeder op het nachtkastje. Het zou al wel voldoende afgekoeld zijn. Maar ze kon er niet toe komen om moeder te helpen. Straks; eerst moest dat mens weg. Ze zou zich veel te veel blootgeven met haar onhandige gestuntel.

*

Bij Ika's allervroegste herinneringen ligt het koffiedrinken uit de kerk, bij moeders ouders. Grootva en grootmoe, moest ze zeggen. Opa, dat was vaders vader, dat was heel iemand anders. Daar kwam ze graag, daar was Aaltje en zoveel meer.
Bij grootva en grootmoe was niets, alleen de sombere kamer met

de rechte, hoge stoelen met de balpoten. Die balpoten waren het enige vermaak van Ika. Praten deed ze toch niet, omdat kinderen daar hun mond moesten houden en omdat ze bang was voor grootva's ogen. Om de tijd te doden streelden haar kousevoeten langs de rondingen van het gladgewreven hout. Dat was een fijn gevoel en ze werd afgeleid van de zware stemmen die de kamer vulden met dreiging.

Het was meestal druk bij grootva; dat kwam omdat hij de dominee was. Er kwamen altijd mensen 'nabetrachten', de preek bespreken.

Grootva zat dan in de grote, leren stoel, zijn ogen zagen alles. Grootva moest het gesprek beginnen en dat duurde vaak heel lang. Zo lang dat alles aan Ika ging prikken en kriebelen, zo lang dat het was alsof ze niet meer slikken kon.

Het was een opluchting als grootva dan eindelijk zuchtte en zei: 'Ja, ja..., mensen, met minder zal het niet kunnen!' en dan keek hij met zijn felle ogen iedereen om de beurt aan en noemde hij ieders naam.

'Ikabod' tegen haar, 'Dirk' tegen vader en tegen moeder zei hij steevast: 'In zonden gevallen dochter', maar dan flitsten zijn ogen weer naar haar. En altijd was moeder op dat moment kleiner geworden, zodat Ika weleens gedacht had dat moeder eigenlijk wel onder de tafel wilde kruipen. Moeder was ook bang van grootva, net als zij. Maar als ze weggingen na het derde kopje koffie, gaf moeder toch een kus aan grootva en hij legde even zijn grote, witte domineeshand op haar hoofd. Van Ika verwachtte hij ook een kus bij het afscheid, maar Ika hoefde niet bang te zijn dat hij zijn hand ook op haar hoofd leggen zou, want dat deed hij niet. Het had jaren geduurd voordat ze begrepen had waarom niet. En toen ze het begreep, was grootva al lang gestorven.

*

Zuster Wamers stond op, ze had nog meer te doen. 'Ik kom er wel uit', zei ze tegen Ika. 'Geef je moeder maar een rietje en als jij dan het kopje vasthoudt, kan ze het nog zelf.'

Ika kleurde om de minachting in haar stem. Natuurlijk was het een mens met ervaring en ze had in de loop der jaren wel geleerd

tussen de regels door te lezen. 'Gewogen en te licht bevonden', stond duidelijk in haar ogen te lezen. Ika, die toch mee liep, kreeg zelfs niet de kans haar jas aan te geven.
De deur viel achter zuster Wamers in het slot.
Lanzaam liep Ika door de gang, waar het nog altijd koud en halfdonker was. Nu werd het haar duidelijk waarom de gang zo'n sombere indruk maakte. Het zwarte graniet van de vloer was doorgetrokken in de geschilderde lambrizering, zodat de gang leek op een vaart of kanaal met hoge oevers.
Het smalle gangraam en het luikje van de voordeur bevatten groen en blauw glas in lood. Dat versterkte het effect van waterspiegeling over de vloer.
Er liep een huivering over Ika's rug.
De kamer omarmde haar met de warmte van de vroege zon, die het pluche van het tafelkleed in oude glorie herstelde en een baan van stofjes dansen deed.
Ika leunde ruggelings tegen de deur; dit was de enige kamer in huis waar ze van hield. Maar er was geen tijd om stil te staan. De voorkamer riep, juist omdat het daar zo stil bleef.
Ze liep naar de schuifdeuren. Het rinkelen van de ruitjes hield lang aan. Of was dat omdat haar hand die de deurpost omvat hield, trilde?
'Er liggen rietjes in de keukenla', zei moeder, met haar ogen op het kopje koffie.
Langer uitstel kan niet, dacht Ika toen ze met het rietje de voorkamer inliep. Ze ging op de rand van het bed zitten en wachtte op moeders blik, maar die was schuw en ontvluchtte de hare.
'Lekkere koffie', zei ze, toen Ika met een zakdoek haar mond droog maakte, in het hoekje waar de koffie zijn sporen had nagelaten.
Ika herkende er een compliment in en besefte dat moeder haar best deed.
'Dag moeder!', zei ze zacht.
'Je was er vrijdag ook!', zei moeder, terwijl ze met een zucht achterover in de kussens zakte.
Ika knikte, maar omdat moeder haar ogen gesloten had, zei ze het nog een keer hardop. 'Ja, ik was er vrijdag ook...'

'Waarom ging je weg, zonder iets te zeggen?'
'Ik weet het niet, ik was bang...'
Moeders ogen gingen open: 'Bang? Voor wie?'
Ika haalde haar schouders op en schudde toen nee. 'Bang voor alles hier, bang voor vroeger...'

*

'Je moet niet bang zijn...', zei hij, de jongen met het blonde haar en de trouwhartige ogen. 'Als je bang bent, dreigt er vanzelf gevaar; als je niet bang bent niet...!'
Ze had aan het hek van de kwekerij gestaan en niet verder durven gaan, want er was een hond, een grote zwarte. Ze had al een half uur besluiteloos staan wachten en overwoog of ze toch maar naar de boerderij van opa, naar Aaltje zou gaan. En toen klonk achter haar het abrupte remmen van een fiets; het was de jongen van de pinkstermarkt. Aan het oplichten van zijn ogen had ze gezien dat hij haar nog herkende.
'Loop maar door, hoor, dat mag gerust!'
Haar ogen vlogen naar de hond die voor de schuur in de zon lag. De jongen lachte en zei toen dat ene zinnetje waar ze later nog veel aan moest denken: 'Als je bang bent, dreigt er vanzelf gevaar; als je niet bang bent niet...'
Het kreeg voor Ikabod een grote waarschijnlijkheid, al had ze het nooit zo bekeken.
Het doosje met de planten was zwaar, maar het was een ongekende vreugde ermee te sjouwen. Ze had er zoveel gekregen van Bart – ja, ze wist inmiddels dat hij Bart heette; zijn vader had hem geroepen –.
'Hoe is het met de doronicum?', had hij gevraagd.
Ze bloosde; dat hij ook dat nog wist! Ze had verteld van het tuintje waar vroeger alleen maar judaspenning groeide en waar nu de stralende zonnetjes van haar doronicum caucasicum hun best deden.
'Maar het is bijna afgelopen, hoor! Na de langste dag bloeit zij niet meer! Kijk, voor in de zomer kun je beter deze nemen, dit is matrecaria, of in het Hollands: moederkruid. Dat bloeit wel tot in de herfst!'

Hij had, als was ze een echte klant, een kartonnen doosje gezocht en er wat plantjes ingezet.
'Ik heb geen geld, hoor', had ze bang gewaarschuwd. 'Ik kwam alleen maar kijken... omdat je dat gezegd had, toen... met Pinksteren!'
Hij keek haar aan. Wat waren zijn ogen blauw!
'Wie praat er over geld? Dit is niet voor de handel, dit is van mij... Hoe heet je eigenlijk?'
Het bloed schoot naar haar hoofd toen ze haar naam zei; nooit eerder had ze het zo'n erge naam gevonden. 'Ikabod.'
O, als hij maar niet wist dat het ergens in de Bijbel stond!
'Ikabod...?', zei hij vragend. 'En in het Hollands?'
Er was een lach in zijn ogen gesprongen en verlegen had Ika haar schouders opgehaald.
'Daar is geen Hollands voor!'
'Ik bedenk wel wat', had hij gezegd.
De hele weg naar huis moest ze eraan denken dat hij Bart heette en voor haar naam een Hollandse zou bedenken en ook wat hij gezegd had over bang zijn. 'Als je bang bent, is er vanzelf gevaar...'
Maar hoe kon ze niet meer bang zijn?

*

Met gesloten ogen zei moeder: 'Je bent altijd een angsthaas geweest!' Droef, maar ook bitter klonk haar stem.
'Waarom ben je gekomen?'
'Ik weet het niet; misschien alweer uit angst...'
'Het verleden keert altijd bij je terug. We worden niet voor het gemak geboren en er is veel dat je nog weten moet!'
'Ik weet niet eens of ik het wil weten!'
'Het zou beter zijn als je het niet hoefde te weten.' Twee tranen vanonder de gesloten oogleden trokken een spoor over de ingevallen wangen.
Ika klemde haar handen ineen. Ze moest Simone maar bellen, straks... Het was toch geen goed besluit geweest, voor haarzelf niet en voor moeder niet.
Ze stond op. Moeder sloeg meteen de ogen op, Ika schrok van de ingehouden kracht en felheid die eruit straalden.

'Je kan nu niet gaan! Ik moet eerst alles zeggen!'
Ika knikte zwijgend en zocht wat er nog meer was in moeders ogen. Die wilskracht en felheid moesten gevoed worden van binnenuit.
Was moeders gemoedsrust afhankelijk van haar houding? Of wilde moeder dat ze deelde in de machteloze haat die er altijd, altijd was geweest? Zou ze nu eindelijk de reden horen van het verzet dat moeder vroeger al deed vluchten in ziekte of afzondering? Dat onbegrepen, machteloze verweer tegen iets of iemand, niet te duiden wat of wie. Wie dan? Wat dan? Vader? Grootva? Het dorp?
Moeder trok wit weg en Ika bezwoer haar eerst te rusten. Straks zouden ze wel praten.
'Nee, stil maar, ik blijf, ik ga niet weg!'
Toen ze de schuifdeuren dichttrok, besefte ze dat het eerste gesprek al gevoerd was, al waren er weinig woorden gezegd. En ook besefte Ika dat het trede voor trede zou moeten. Het gaf haar het gevoel dat ze weer boven aan de trap stond en het donker van de gang in keek, de ijzige diepte van zwart water waarin ze moest afdalen, waar ze door moest.

*

Moeder was weg die avond en vader was boos. Nelly huilde in de kinderstoel en wilde niet eten. Ika stond ernaast en telkens als Nelly haar mondje opendeed om harder te gaan huilen, stopte zij er een hapje in. Het was een boterham met kaas; dat lustte Nelly niet, maar vader zei van wel. Het bord moest leeg en omdat zij al bijna vijf was en dus een grote meid, moest zij Nelly voeren. Dat had moeder gezegd voor ze wegging, naar het ziekenhuis, waar grootmoe lag. Grootmoe was erg ziek; Ika dacht wel dat ze dood zou gaan. Grootmoe zei altijd al weinig, maar nu zei ze niets meer en hield haar ogen dicht. Grootva wilde niet dat ze naar het ziekenhuis ging, maar het moest toch van de dokter. Omdat grootva niet op bezoek ging, moest moeder wel; anders was het zielig voor grootmoe. Dat had Ika allemaal begrepen uit de gesprekken tussen vader en moeder. Vader deed lelijk over grootva en moeder was boos geworden en ze was toch gegaan.

'Jij bent er toch? Jij kunt toch wel met ze eten en ze naar bed brengen, of is je dat te veel?'
'Ik hou er niet van dat mijn vrouw 's avonds alleen op pad gaat!'
Moeders ogen waren zwart geworden en nooit had haar stem zo geklonken als toen ze zei: 'Wou je soms zeggen dat je veel te goed weet wat er gebeuren kan met een vrouw alleen in het donker?!'
Ika was bang geweest van moeder op dat moment en vader had zich omgedraaid. Moeder had haar meegetrokken naar de keuken en Ika had zich stijf en angstig verweerd toen moeder haar tegen zich aan klemde. Waarom deed moeder zo? Dat deed ze anders nooit! Was het omdat ze bang was dat grootmoe zou sterven?
'Jij ben een grote meid. Jij zorgt dat Nelly haar bordje leeg eet, ja? En doe maar stilletjes, zodat vader niet boos hoeft te worden!'
Ika knikte; ze wilde wel overal op knikken, als moeder maar weer gewoon deed.
Ze worstelde zich los en ging maar vast de tafel dekken, dan kon moeder zien dat ze goed voor alles zorgde. Ja, ze kon het best!
Moeder vertrok en Ika smeerde de boterhammen, maar toen ze er voor Nelly jam op wilde doen, kwam vader de keuken in en zei dat er kaas gegeten werd. Hij pakte zelf de kaas uit de kelder en sneed dunne plakken.
Maar Nelly wilde niet. En vader werd boos. Toen Nelly het bord van de kinderstoel sloeg zodat het aan scherven brak op de keukenvloer, was voor vader de maat vol.
In twee stappen stond hij naast de kinderstoel en wilde Nelly een tik geven. Ika wist hoe hard vader slaan kon; dat mocht niet bij Nelly, Nelly was nog te klein! Ze sprong ertussen, hing aan zijn arm om hem tegen te houden.
Hij schudde haar af en al zijn woede keerde zich tegen haar. Ze kreeg een schop en vloog tegen de gangdeur die openschoot. Ze viel de gang in en gleed over de granieten vloer tot aan de kapstok. In paniek schoot ze weer overeind om de trap op te vliegen, bang dat hij haar achterna komen zou. Maar vader sloeg de deur achter haar dicht en draaide de sleutel om.
Halverwege de trap hoorde Ika dat geluid en omdat ze nog banger was voor opgesloten zijn dan voor vader, wilde ze zich om-

draaien en naar die deur hollen, erop slaan met haar vuisten en roepen en smeken. Maar in de draai schoot haar voet van de trede. Ze wilde zich nog vastgrijpen, maar viel en viel maar, ze bleef maar vallen.
Ze kon niet eens schreeuwen en voelde niet hoe haar hoofd tegen de gangvloer smakte. Toen ze terug kwam drijven uit het diepe, diepe water van het niet-zijn, was er alleen maar kou en pijn en de smaak van bloed in haar mond.
En later, veel later, waren er lange tijd dichte gordijnen, een bed zonder kussen en een hoofd vol geweld.
En grootmoe, dood en begraven...

*

Toen Ika bij de keukenkraan haar ogen bette, besefte ze dat er toch veel gezegd was.
Moeder had gezegd dat ze moest blijven en dat ze het moest weten. Zou dat betekenen dat moeder om haar komst gebeden had? Misschien was moeder wel banger voor haar dan andersom.
Het koude water was goed aan haar slapen; de druk achter haar ogen voorspelde niet veel goeds. Ze zuchtte.
Het was nog maar half elf in de morgen. Ze kon nu Nelly elk moment verwachten.

8

Voor het keukenraam staand, zag Ika Nelly komen. Haar fiets door het diepe grind duwend, zag ze er strijdvaardig uit.
Ika nam zich voor alle strijd te omzeilen of in de kiem te smoren, maar toen ze de keuken binnenstapte, stonden Nelly's ogen vol tranen. Dat gaf Ika het gevoel op het verkeerde been te staan. Ze gaven elkaar een hand; aan die hand trokken ze zichzelf naar elkaar toe en toen kwam er toch iets van een omhelzing. Al was het een omhelzing die uitmuntte in schuchterheid. Alsof ze beiden aftastten wat het lijden kon.

Nelly verstopte emoties in zorgen en bezig zijn; dat had Ika al snel door. In een mum van tijd was de vaat gewassen, draaide de wasmachine en was er nieuwe koffie gezet. Er lagen dikke plakken snijkoek met boter op een bordje, omdat Ika wel trek zou hebben.
Ze was toch zeker vroeg op pad vanmorgen? Ja, Willem had het verteld.
Ika keek toe en moest erom glimlachen. Ze kreeg het gevoel dat ze haar zwager dankbaar kon zijn. Zijn aanpak werkte waarschijnlijk beter dan de verwennerijen die Nelly vroeger ten deel waren gevallen. Het was een nijvere huisvrouw geworden, die Nelly.
Ika voerde haar koek aan de duif en Nelly begon met vlekken in haar hals met een vraag: 'Je hebt mijn brief gekregen dus?'
Knikken was voldoende.

'Ik ben blij dat je gekomen bent; zeker na vrijdag was moeder zo onrustig... Ze had het almaar over jou! Dat ze je gezien had...'
'Dat klopt...', zei Ika rustig.
In Nelly's ogen kwam iets van afweer, alsof ze de zaak niet vertrouwde.
'Ik ben de hele dag hier geweest!'
Ika glimlachte en tikte even op Nelly's hand, omdat het niet als een verwijt mocht klinken: 'Je was naar de buurvrouw, voor de naaimachine... En toen keek ik even om het hoekje bij moeder...'
Nelly's ogen werden groot en ze trok haar hand weg.
'Ik liep net langs toen de winkelwagen hier voor het huis stopte en toen jij daar binnen was, liep ik achterom...'
'Maar ik heb bij moeder gekeken voor ik naar de buurvrouw ging; ik ben nog hier geweest!' Nelly's stem schoot uit van verbazing.
'Ik zat op de stoel naast de schuifdeuren; je keek door een kier naar moeder... Je zag me niet!'
'Waarom zei je niets?'
Ika haalde haar schouders op. 'Dat weet ik niet; ik wist toen nog niet wat ik moest...'
Nelly's ogen stroomden vol. 'En nu?'
'Ik geloof dat ik hier moet zijn...', zei Ika voorzichtig, verbaasd in zichzelf zoekend naar de drang om te vluchten. Die drang die er was daarnet bij moeder, maar die er niet was bij Nelly aan de tafel waar de zon op het pluche scheen.
Het bleef lang stil. Nelly keek, maar Ika durfde haar ogen niet op te slaan.
'Het was zo vreemd, dat je ineens weg was... toen...', klonk Nelly's stem, 'zo ongelooflijk... en het is even ongelooflijk dat je nu hier weer aan tafel zit...'
Daar kon Ika op knikken.

*

Het afscheid van Nelly was het moeilijkst geweest.
Alles was tot in het kleinste detail geregeld, want er mocht niets misgaan. Het was een voorbereiding van maanden geweest.
Kort na het gevecht om de baan in de bloemisterij, het gevecht

waarin Ika uiteindelijk vader versloeg, was ze begonnen. Een eigen girorekening voor haar salaris; moeder zette de handtekening voor vader het kon beletten. Een kamer in de binnenstad, dicht bij de winkel; ze vond er een.
Klein, maar er stond een tafel, er stonden twee stoelen en een bed; en spullen had ze voorlopig toch niet! In haar tas nam ze telkens iets van thuis mee: kleding, een handdoek, een bord, een dierbaar boek.
In de lunchpauze, als de winkel dicht was, bracht ze haar eigendommen naar de kamer die op haar wachtte tot het moment was aangebroken. Het moment, ze wist dat het komen zou, maar niet wanneer. Moeder wist het, daar twijfelde ze niet aan. Waarom keek ze haar anders elke morgen na, als ze naar de bushalte liep? Ika voelde moeders ogen in haar rug, maar met omkijken zou ze zich verraden.
Het moment kwam vanzelf, toen het niet langer ging. Die keer toen ze, misselijk en trillend van kwaadheid, de gangdeur wel uit zijn voegen had willen slaan, maar hem in uiterste beheersing zacht in het slot had getrokken. Dat ogenblik had ze geweten: dit is mijn laatste nacht hier!
In het donker had ze voor het raam in haar kamertje gestaan, niets ziend, alleen de beslagen plek van haar adem werd groter en groter.
Nelly, hoe moest het met Nelly?! Die zou ongerust zijn, en hoe moest Nelly zonder haar verder?
Ze kon niet weg zonder afscheid van Nelly te nemen, maar ze kon het ook niet aan Nelly vertellen. Nelly huilde zo gauw, en stel dat vader dat hoorde!
Ika sliep niet die nacht, ze zat op bed te wachten op de morgen. Ze had in gedachten Nelly al honderd keer vaarwel gezegd.
Bleek en schijnbaar onaangedaan at ze haar laatste boterham thuis, liet een stukje achter bij de duif.
Ze keek voor het laatst op de klok en dacht dat het tijd was. Een blik naar moeder, die Nelly's brood smeerde. Er kwam geen geluid uit haar keel toen ze groette. Moeder keek haar na, het mes met boter en al in haar hand.
Bij de bushalte hoopte ze tegen beter weten in dat Nelly langs

zou fietsen voor de bus kwam. Als Nelly nou doorfietste en niet op de hoek bleef wachten op haar viendinnen, dan zou ze nog iets kunnen zeggen. Ze had staan bidden op de stoeprand, om Nelly, om nog een ogenblik met Nelly. Maar de bus kwam en Ika moest instappen. Achter het glas wuifde ze naar Nelly op de straathoek, die nietsvermoedend lachte met een ander. Dat was het ergste geweest, dat Nelly niet eens keek. Dat Nelly niets wist over gisteravond en dat Nelly niet wist dat ze er deze avond niet zijn zou..., dat ze weg was.
Van binnen was er een pijn begonnen, die met scheuren te maken had. Een pijn die leek op het geluid van het afscheuren van cellofaanfolie, waarin de mooiste boeketten werden verpakt in de winkel. Ze was als een los velletje cellofaan nu, van de rol gescheurd. De hele dag had ze dat geluid niet kunnen verdragen. En de weg naar haar kamer, twee straten ver, leek langer dan de busrit naar huis.

*

'Weet je nog, van die dag dat ik wegging?'
Nelly knikte: 'Het huis was te klein. Vader zou je wel terughalen, desnoods liet hij je door de politie terughalen! Maar dat mocht niet van moeder, want zij wist ervan!'
'Zei ze dat?'
Weer knikte Nelly. Ika schudde haar hoofd.
'Na vaders schreeuwen viel er een zwijgen van twee weken', ging Nelly door. 'Je weet hoe goed ze daarin waren!'
Ika woelde met haar handen in haar haar. 'Twee weken?'
Nelly knikte. 'Twee hele weken, ja. Het was vreselijk!'
Ika sloot haar ogen; ze wilde zeggen: 'Als ik dat geweten had...', maar ze zei niets, want ook als ze het geweten had, had ze niet anders gekund.
Maar dat Nelly in haar eentje twee weken vrieskou had doorstaan! Twee weken van zwijgende stilte vol haat. Twee weken van rakelings langs elkaar heen lopen en elkaar niet zien. Zelfs het gebed aan tafel was dan stilte, een dreigende stilte die zich ingroef in je wezen, die je ziek maakte en suisde in je oren. Vrieskou. Doodstille vrieskou.

Het was een wapen van moeder geweest, dat vader ook had leren hanteren. Zwijgen. Het was het grofste wapen. Het wapen van buigen of barsten.

*

Ika wist niet waar het dit keer van kwam. Ze zocht bij zichzelf maar kon geen oorzaak vinden; het ging misschien dit keer niet om haar. Maar dat het om Nelly gaan zou, kwam haar onwaarschijnlijk voor; het ging immers nooit om Nelly!

Het was kort na de dood van grootmoe. Moeder moest vaak naar grootva toe, dus Ika paste uit school op Nelly. Dat was niet erg, want ze had nog vaak hoofdpijn van de hersenschudding; ze mocht toch nog geen wilde spelletjes doen. En met wie zou ze?

Nelly sliep nog als Ika thuiskwam. Dat was het fijnste, vond Ika, het wakker maken van Nelly. Dan liep ze naar boven, naar het afgeschoten hoekje op zolder waar Nelly's bedje stond, en dan keek ze eerst. Naar Nelly, zoals die lag te slapen. Haar duim in haar mondje, haar blonde pijpekrullen warrig om haar hoofd, het rustige ritme van haar adem.

Het gaf Ika altijd een geluksgevoel. Het was haar zusje, dat mooie, kleine meisje dat langzaam lichter en lichter ging slapen. De duim zakte uit haar mond; ze wreef eens met haar dikke handjes over haar ogen, maar die bleven nog dicht.

Dan begon Ika met het liedje. Heel zachtjes neuriënd zong ze het liedje van juffrouw Toms van de kleuterschool: 'Word wakker, het zonnetje is al op...' Dan gingen Nelly's ogen open en stak ze haar handjes naar Ika uit. Het was alsof Ika de moeder was en Nelly het kind.

Nee, Ika had het niet erg gevonden als moeder naar grootva moest. Maar vader vond het wel erg dat had Ika al gauw begrepen. Toen al had ze geweten dat vader en grootva wel aardig deden tegen elkaar, maar elkaar niet aardig vonden. En toen op een keer waren vader en moeder samen bij grootva vandaan gekomen. Vader voorop, moeder een paar stappen erachter. Moeders gezicht was rood van het huilen geweest, maar haar ogen stonden niet verdrietig, wel heel boos.

Ika had niet durven vragen wat er was; het had met grootva te maken en dat was al bedreigend genoeg. Ze kon het maar beter niet weten.
Maar toen het zwijgen duurde en duurde, zodat de buikpijn al begon als ze vader in de verte aan zag komen, ging ze naar Aaltje, omdat je aan Aaltje nooit iets hoefde te vragen. Aaltje vertelde vanzelf.
'Gaan jullie nou nog bij de andere opa wonen?', vroeg Aaltje.
Het was als een stomp tegen haar borst.
'Bij wie?'
Aaltje veegde haar handen af aan de vaatdoek. Ze keek Ika niet aan.
'Bij je moeders vader! Die is nou toch alleen sinds zijn vrouw gestorven is!'
Met grote schrikogen was Ika blijven staan. 'Gaan wij bij grootva wonen?'
'Weet ik veel?', zei Aaltje, 'ik dacht dat ik dat gehoord had! Maar het zal zeker niet!'
Ika had niet langer kunnen blijven bij Aaltje, hoewel Aaltje nog niet eens een beker melk voor haar had ingeschonken. Ze moest naar huis.
Maar thuisgekomen durfde ze het zwijgen niet te doorbreken, ze kon de vraag niet uit haar mond krijgen. Het was gek; als vader en moeder zwegen, kon Ika ook steeds minder zeggen. Het zwijgen leek haar uit te hollen; ze werd er zo leeg en koud van, dat elke vraag bevroor op haar lippen.
Alleen haar ogen deden het nog en die zagen juist meer dan anders. Moeders gezicht als ze bij grootva vandaan kwam, haar mond een scherpe vouw, haar handen die ze steeds ineenklemde in haar schoot, het bewegen van haar borst als ze zuchtte. Vader zoals hij aan tafel zat, groot en overheersend, met ogen die priemden en die – of leek dat alleen maar zo omdat niemand iets zei? – met zijn lepel een oorverdovend lawaai maakte bij het uitschrapen van zijn papbord. Vader die dubbel zo groot leek als hij zijn stoel achteruitschoof, ging staan en zich uitrekte.
Bij grootva wonen! Dat was wel het ergste wat Ika zich voorstellen kon. Dit was misschien de enige keer dat ze hoopte dat vader

het winnen zou. Want als ze bij grootva moest wonen, dan ging ze dood, net als grootmoe. Dat wist ze zeker.
En Nelly brabbelde haar kleutertaal, door het zwijgen heen. Klom toch op vaders schoot, hing aan zijn broekspijp. Nelly deed toch 'er komt een muisje aangelopen' in moeders hals. Niemand lachte, alleen Nelly.
Het was niet doorgegaan; ze gingen niet bij grootva wonen. Want vader had het eerst weer wat gezegd. Tegen Nelly, dat ze door moest eten. Maar zelfs die woorden waren welkom geweest.

*

'Wie sprak het eerst?', vroeg Ika aan Nelly.
Nelly haalde haar schouders op. 'Hoezo?'
Er kwam een glimlach om Ika's mond, die haar gezicht droevig maakte. 'Wie het eerst weer sprak, had gewonnen; wist je dat niet...?'
Nelly keek haar verbluft aan. 'Ik heb dat nooit zo gemerkt, maar nu je het zegt... Je hebt gelijk! Maar wie het eerst sprak, dat weet ik niet. Het werd anders toen meester Molenaar geweest was!'
Ika schokte verbaasd overeind. 'Meester Molenaar hier? Toen ik weggegaan was?'
Nelly's ogen vernauwden zich in verbazing: 'Wij dachten dat hij met een boodschap van jou kwam. Had je hem niet gevraagd om...?'
Ika schudde haar hoofd; ze legde haar handen met de palmen boven op tafel, alsof ze wilde zeggen: 'Ik weet van niets, eerlijk niet!'
'Meester Molenaar kwam hier vertellen dat je een kamer had en ook dat je goed je best deed in de bloemisterij, dat ze tevreden over je waren...! En, ja, nu weet ik het weer, moeder sprak het eerst!'
'Wat zei ze?', wilde Ika vragen, maar ze schraapte alleen haar keel.
'Ze zei: "Ik had niet anders verwacht!", en toen stond ze op en liep de kamer uit, alsof ze niet langer naar meester Molenaar wilde luisteren. Ik weet nog dat vader hem uitliet; dat was heel ongewoon, dat vader voor iemand de deur opendeed! Hij leek wel opgelucht...'

Ika maakte een beweging met haar hoofd. 'Opgelucht! Je gelooft toch zelf niet dat hij zich zorgen maakte om mij? Maar moeder, hoe was moeder daarna...?'
Nelly dacht lang na. 'Ik weet het niet, ik weet het niet meer. Ze was vaak ziek, of deed alsof... Ik moest toen alle dingen doen die jij altijd voor je rekening genomen had. En dat vond ik niet zo geslaagd...' Ze vervolgde met een snelle blik op Ika: 'Ik weet best, dat ik toen ik klein was stinkend verwend werd! Maar daar kan ik niets aan doen, zo ging dat gewoon hier... Zo was de stiuatie!'
Ika beaamde het: 'Je hebt gelijk, Nellly, zo was de situatie. Jij was het enige element hier in huis waarvan gehouden kon worden. Ik deed er zelf aan mee...!'
Nelly reikte over de tafel naar Ika; haar stem klonk schor: 'Maar ondanks al die verwennerij heb ik ook geen gelukkige jeugd gehad, hoor, als je dat soms denkt!'
Ika's ogen werden zacht: 'Dat hoor je mij ook niet beweren, Nelly. Het maakt niet eens zoveel uit of er tegen je of om je gevochten wordt!'
Een gerucht in de voorkamer bepaalde hen weer bij het heden. Bij moeder, die daar lag.
'Vanmiddag komt dokter Spaan', zei Nelly, terwijl ze opstond om door de kier in de schuifdeuren te kijken, 'dan kun je het zelf horen!'
Ika bleef in de achterkamer en hoorde hoe Nelly met moeder sprak. Ze sloot zich af voor de woorden en luisterde alleen naar de klank. Moeders stem zacht en een beetje schor, maar ondanks dat nog bazig, Nelly's stem hoog en helder, overredend en geruststellend.
Er kwam heel wat op Nelly neer de laatste tijd, begreep Ika.
'Moeder wil jou!', zei Nelly, toen ze met de koffiekopjes en een gebruikt glas de voorkamer uitkwam.
Ika bleef bij de tafel staan, haar handen plat op het pluche.
Nelly liep door naar de keuken, liet de schuifdeuren open.
Maar Ika wachtte. Ze keek naar het rijtje foto's aan de muur boven het dressoir. Een van vader, een van grootva en een van Machteld, een jonggestorven vriendin van moeder. Die foto van Machteld had er gehangen zolang ze zich kon herinneren. Zowel

vader als moeder kon daar soms lang naar staan kijken. Maar op haar vragen over Machteld kreeg ze nooit een antwoord. De foto van vader was van kort voor zijn sterven. Ika had hem zo kaal nooit gezien. Zijn ogen keken haar strak aan. Er was iets hooghartigs in zijn gezicht, iets afstandelijks; het was de foto van een man die soms wekenlang zweeg.

Haar handen stonden naast elkaar afgedrukt op het tafelkleed toen ze ze eindelijk optilde. Er trok een huivering langs haar rug. Ze keek uit het raam naar de tuin, waar Nelly de was ophing.

Nelly's rok wapperde om haar benen, de lakens plakten tegen haar lichaam toen ze ze vastknijperde. Het zou wel snel drogen. Van de tuin keek ze naar de voorkamer; alleen het voeteneind van moeders bed was te zien. Smal en recht de omtrek van moeders voeten onder de deken. De stilte in de voorkamer riep haar. Of was het moeders stem? Maar Ika liep aan de schuifdeuren voorbij, de keuken door, naar buiten, waar Nelly de was ophing met een knijper tussen haar lippen. Precies zoals moeder dat altijd deed...

9

Haar tuintje was er nog. Het leek veel kleiner dan toen, maar nog herkende Ika de bladeren van de voorjaarszonnebloem. En het moederkruid bloeide zelfs nog. Er was vaak van gesneden, zag ze, zodat zich steeds weer nieuwe scheuten gevormd hadden.
Het was een beeld dat niet bij moeder paste: moeder die iets anders dan groenten uit de tuin haalde.
Nelly zag haar kijken en sloeg de laatste handdoek uit en riep dat Abe hier de tuin bijhield.
Verbaasd keek Ika op. 'En wie is Abe?'
Nelly's gezicht sprong open in een lach. Wat leek ze nog op het kind met het poezegezicht als ze lachte!
'Abe is onze oudste! Hij is negen en net zo gek op tuinen als jij!'
Een bloedhete golf sloeg door Ika heen. Het was een gevoel dat niet kon kiezen tussen lachen en huilen, het was geen pijn en geen vreugde. Overweldigend was het, dat wel.
Ika knielde en woelde in de aarde tussen het moederkruid dat zich alweer aan het uitzaaien was.
Nelly droeg de lege wasmand naar binnen, haar slippers klepperden op het pad. De deur sloeg dicht. Ika was alleen en toen de trillende zucht uit haar gleed, besefte ze dat ze haar adem had ingehouden.
'Abe, hij is negen en net zo gek op tuinen als jij!'
Bestond dat? Abe, een kind van Nelly, die hier voor de tuin zorgde, voor haar moederkruid! Abe, die uitdunde en verpootte,

die met zijn jongenshanden dezelfde grond omwoelde, haar grond!
Duizelig kwam Ika overeind en leunde tegen de schuur. De zon trilde in de lucht en het huis gleed scheef en dan weer recht. Ze lachte. Er was een Abe. Negen was hij; hij hield van tuinen. O God, en dat had ze niet geweten!
Wat gaf het dat het Nelly's zoon was? Hij was haar neef. Hij had haar liefde voor zwarte aarde en groen blad.
In een paar stappen was ze bij de achterdeur, waar Nelly het warme waswater over het straatje goot tegen het mos. Het dampte van de tegels en zocht zich een weg tussen de voegen. Ika sprong niet opzij; ze pakte Nelly's arm en ze wist niet hoe anders haar ogen stonden toen ze vroeg: 'Wanneer kan ik hem zien? Komt hij vaak... bij moeder?'
'Wie? Abe?'
Ika knikte gretig.
Nelly keek naar het natte straatje. 'Ik hoop dat hij wegblijft. Als hij ziet dat ik zeepsop over zijn mooie mossen gooi, wordt hij wild!'
En weer trok die beving door Ika. Ze liep het pad af tot aan de volkstuinen en stond lang aan het hek. Er was een Abe, die hield van mossen en gek was op tuinen. Eén van haar soort.

*

Ze ging vaker naar de tuinderij. Naar Bart en zijn zaailingen en zijn pootgoed. Ze genoot van de warme geur van aarde in de kassen. Ze hield van de broedse warmte die er heerste. Eigenlijk wilde ze nog vaker dan ze ging. Ze wilde er wel blijven wonen! Ze keek hoe Bart en zijn vader als twee grote mensen met elkaar omgingen. Hun manier van praten had niets van vader en zoon. Het was verbazend en onvoorstelbaar voor Ika.
Bart crosste ook vaak door het dorp op zijn fiets. Hij groette haar door zijn hoofd achterover te gooien. Zijn haar wipte dan omhoog. Eigenlijk dacht Ika bij elke blonde jongen dat het Bart was.
En toch kregen ze een keer ruzie. Erge ruzie; zo erg, dat Ika er niet meer heen durfde. Ook niet toen het moederkruid zoveel

zaailingen had, ook niet toen de voorjaarszonnebloem bijna helemaal door slakken was opgegeten.
Het was een vreemde ruzie geweest. Het ging over Barts moeder en haar moeder.
'Ik trouw nooit, ik blijf altijd bij mijn vader!', had Bart gezegd.
'Waarom?', vroeg Ika verbaasd.
Bart schoof met zijn voet een bergje aarde vlak, zijn ogen stonden donker. 'Omdat vrouwen gemeen zijn! Mannen niet...'
Ika had in alle oprechtheid haar hoofd geschud. 'Hoe kom je daar nou bij?'
'Ze zijn nooit tevreden en gaan altijd hun eigen gang! Mijn vader zegt het zelf!'
Ineens was zijn gezicht heel rood geworden, zodat Ika dacht dat hij zou gaan huilen. 'Als je ze nodig hebt, zijn ze er niet!', schreeuwde hij.
Ika was bang geworden, ze liep naar de deur. Ze zou maar weggaan, want Bart was zo anders. Met haar hand aan de zware schuurdeur zei ze nog: 'Maar bij ons niet, hoor, mijn moeder is er altijd...!'
Bart gaf een trap tegen een halve bloempot die voor zijn voeten lag. Een scherf sprong weg en sloeg dwars door een ruit, die rinkelend omlaag viel. De schrik schokte door Ika's lijf. Ineens leek alles nog veel erger door dat rinkelende glas. Ze duwde uit alle macht, de zware deur gaf maar weinig mee.
'Jouw moeder is ook een rotwijf!', hoorde ze Bart roepen, toen ze zo hard als ze kon het glibberige pad tussen de kassen door afrende. Hijgend kwam ze bij de weg, waar ze langzamer ging lopen omdat ze een steek had. Ze drukte haar hand in haar zij; dat hielp een beetje. Steeds keek ze om. Maar Bart kwam haar niet achterna. Hij had haar moeder een rotwijf genoemd! Dat was een heel erg woord. En het was niet waar!
Een paar dagen later was ze doodstil aan tafel blijven zitten toen de buurvrouw en moeder koffie zaten te drinken.
'Weet je dat zij van de tuinderij aan de Herenweg ook vertrokken is? Ja, mens, dat ging al zo lang niet. Dat heeft nooit gegaan. Ja, een ander, wat dacht je, 't was al geen combinatie! Afijn, er is maar één kind, gelukkig! Ja, op de openbare school zit hij, een

jaar of elf zal hij zijn. Nee, naar de kerk gingen ze allang niet meer, sinds hun trouwen. Nou ja, de hervormde misschien, als het uitkwam met kerst...'
Het ging over Barts moeder, wist Ika. En over Bart, die nou geen moeder meer had.
Ika keek naar het luisterende gezicht van moeder. De zon scheen net op haar haren en maakte dat moeder een gouden kroontje ophad. 'Rotwijf', had Bart gezegd, maar dat gold niet voor haar moeder. Echt niet!

*

'Waarom kwam je niet?', vroeg moeder, toen Ika uiteindelijk toch door de schuifdeuren de voorkamer instapte.
'Nelly was bij u en zij kan u beter helpen dan ik!'
Ze verwenste zichzelf om het laatste deel van zin. Het was niet nodig smoezen te verzinnen. Ze was hier voor moeder, maar dat zou alleen kunnen als moeder haar ruimte liet zichzelf te zijn. Het was al moeilijk genoeg. Ze wilde niet weer tot in het onmogelijke haar best doen en toch verliezen. Het zou nooit genoeg zijn; ze was niet zoals moeder en ze wilde het niet. Trouwens, als ze zoals moeder was, dan had ze hier niet gestaan.
Ika keek naar de ogen van moeder, grijsblauw met altijd gesprongen adertjes; ogen, die steeds strijd voerden.
'Ik ga hier niet in mee, moeder! Ik blijf zolang ik wil. Op mijn condities ben ik gekomen, niet op de uwe. Dat gaat niet meer.'
Moeders ogen werden donkerder, er kwam iets in van pijn, die lang was weggestopt.
'Ik ben ziek, Ikabod, en heb weinig tijd! Ben je gekomen voor de duif of voor de tuin...?'
Het heeft geen zin, dacht Ika, om te sussen, te bagatelliseren. Ik wil niet op moeders spoor gezet worden; dan bepaalt zij weer de richting en de vaart. Ik wil dit, ik wil bij haar zijn, maar op mijn manier... Ik wil dat ze me ziet als mens, niet als kind dat er nooit had mogen zijn!
Moeder herhaalde de vraag; aan het flikkeren van haar ogen kon Ika zien dat ze langzaamaan boos werd. Haar mond werd dun als een streep: 'Ben je gekomen voor de duif of de tuin?'

Ika dacht aan de herkenning van de duif en aan jongenshanden die in haar tuintje het werk deden.
'In zekere zin, ja...', zei ze.
Even leek het of moeder iets zeggen wilde; toen draaide ze haar gezicht naar de muur.
Er kwam een vreemde opluchting over Ika. En daarmee het gevoel dat de rollen waren omgedraaid. Ze deed de schuifdeuren achter zich dicht en zocht Nelly, die aardappels schilde in de keuken. Ika ging aan de kleine keukentafel zitten en luisterde naar het plonzen van de aardappels in de pan met water.
'Ik blijf hier, Nelly... Ik blijf zolang het duurt...'
De ogen van Nelly, toen ze zich schielijk omdraaide!

's Middags kwam dokter Spaan. Ika zag de ouderwetse, zwarte auto voor het huis stoppen. Nelly liep naar de voordeur en liet hem binnen. In de gang klonk het brommende geluid van zijn stem. Onzacht werd de kamerdeur opengestoten. Zijn wenkbrauwen verdwenen onder zijn hoedrand toen hij Ika zag. Hij was nog zo precies hetzelfde als vroeger, dat Ika zich kleiner voelde worden. Het was alsof haar naam in vurige letters voor haar ogen danste, zo zeker wist ze dat het eerste woord dat hij zeggen zou, haar naam zou zijn.
Twee stappen van hem overbrugden de kamer. Ze moest wel naar hem opkijken. Er werd een grote hand naar haar uitgestoken, aarzelend legde ze de hare erin. 'Ikabod! Ik wist dat ik je vandaag of morgen hier zou aantreffen! Wat vind je van je moeder?'
Ika haalde haar schouders op en worstelde haar hand vrij.
'Ze is ziek, maar verder nog zoals vroeger, dokter!'
Nelly draaide haar hoofd om en keek Ika aan, verbazing in haar ogen.
Dokter Spaan nam zijn hoed af en ineens was hij grijs en veel ouder. 'Juist ja, ze houdt de schijn op! Zo is ze, maar ik neem aan dat jij daar niet in trapt!'
Ika wilde dat de dokter ophield, met kijken, met praten. Ze wilde naar buiten, naar het tuintje of een stuk het weiland inlopen, dat achter de volkstuinen begon.
Maar ze kon niet om dokter Spaan heen. Hij versperde letterlijk

en figuurlijk de weg. Zijn vinger priemde haast tegen haar borst. 'Nou, trap jij daar in of niet?'
Onwillig zei ze: 'Ik weet niet wat u bedoelt, dokter, maar ik kom er wel achter...'
Ze zag een snelle glimlach over zijn gezicht schieten: 'Mooi, je blijft dus hier!'
Toen Ika geknikt had, wierp hij de schuifdeuren wijdopen. Moeder zat half overeind in de kussens, rode koortskleurtjes op haar ingevallen wangen.
'U bent laat!', zei ze, met verwijt in haar stem.
'Is dat zo?', gaf dokter Spaan terug, terwijl hij zijn jas op een stoel gooide.
Ika draaide zich om, liep naar buiten en voelde of de was al droog was. Wat was het toch dat haar zo tegenstond in moeder? Was het het zich-groot-houden? Was het het bazige in haar?

*

'Je gaat daar niet meer heen!', had moeder gezegd, juist toen Ika overwoog of ze toch weer eens naar Bart zou durven gaan. Alsof moeder het geroken had! 'Waarom niet?', had ze gevraagd.
'Daarom niet! Ik wil het niet hebben!'
Ika wilde doorvragen, maar moeders ogen beletten het haar. Ze kon maar beter haar mond houden. Ze zou wel naar Aaltje gaan en naar opa. Moeder knikte dat dat wel mocht en toen ze haar laarzen aantrok in de opening van de keukendeur, voelde ze nog moeders blik. Ze keek op. 'Ik zal het navragen, hoor, hoelang je daar geweest bent!' Dacht moeder soms dat ze stiekem toch naar de kwekerij zou gaan, omdat het aan dezelfde weg was?
Verontwaardigd keek ze in moeders strenge ogen. 'Ik heb nog nooit tegen u gelogen!'
'Laten we dat dan zo houden!', was moeders antwoord.
Onderweg naar de boerderij had ze lopen denken waarom moeder tegen haar zo anders was dan tegen Nelly. Was het omdat zij groter was of was Nelly minder stout? Misschien was het omdat Nelly vrolijker was, die lachte altijd en die zong vaak...
Ika zou ook wel graag vrolijk worden, maar ze wist niet goed hoe dat moest. Vrolijkheid moest van binnen beginnen; je kon niet

lachen als het niet van binnen begon. Het was net als met bang zijn; dat zat ook van binnen. Ika liet haar laarzen door het hoge, natte gras snerpende geluiden maken. Hoe zou ze vrolijk moeten worden? Bart zei dat bangheid de dreiging van gevaar opriep. Zou het dan ook zo zijn dat ze vrolijker werd als ze meer aan blijdschap dacht?
Ze begon alle dingen op te noemen die haar blij maakten en dat waren er verbazend veel: de bomen, de vogels, de bloemen, het duifje, moeder met haar kroontje van zon in haar haren, Nelly als ze wakker werd, Aaltje en meester Molenaar, de doronicum en de matrecaria... En zo kwam ze toch weer bij Bart met haar gedachten. Bart, die gezegd had dat hij voor haar naam wel een Hollandse naam zou bedenken! Zou hij dat nu nog wel doen, nu ze ruzie hadden? Of was het geen ruzie? Bart was eigenlijk niet boos op haar geweest, maar op zijn moeder. En zij was eigenlijk ook niet boos geweest, alleen maar bang...
Zou ze er over een poosje weer heen mogen of gold het verbod voorgoed? Ze besloot erg lief en vrolijk te worden, zodat moeder zou merken hoe goed ze haar best deed.
Toen ze bij Aaltje melk gedronken had, hielp ze opa de melkbussen schuren. Want Aaltje had kloven en mocht niet in het water met haar handen. Het was een heel werk, dat schuren. Ze kreeg het er warm van. Opa spuugde steeds het sap van zijn pruim vlak langs haar heen in het gras. Dat deed hij altijd als hij hard werkte. Ze griezelde ervan, vooral van de bruine streep in zijn mondhoek. Maar ze bleef zingen van de uil die in de olmen zat, want ze zou een vrolijk en blij kind worden. En niet meer bang zijn.
'Nou nou!', zei opa, 'je gaat nogal te keer!'
Ze schaafde net haar hand aan de ruwe rand van een deksel, vandaar de warme gloed achter haar ogen.

*

Nelly had de strijkplank al klaarstaan en dokter Spaan was weg. De geur van de in de wind gedroogde lakens was een geur van vroeger. Ika streek zoals ze nooit eerder had gestreken. Het gaf haar het gevoel iets voor moeder te doen en toch buiten schot te blijven. Ze was niet veel veranderd, besefte ze.

Ze besloot te gaan denken over de wintertuin. Dat werd hoog tijd, want Simone en Bergers Groenarrangementen leken wel naar een andere planeet verhuisd.
Er kwam niet veel van. Ze had nog maar net de strijkplank weggezet, toen er bezoek kwam. Nelly deed open en loodste het bezoek door de schuifdeuren. Iets in de houding van de donker geklede vrouw kwam Ika bekend voor, maar ze kon er geen naam bij bedenken.
Nelly trok een gezicht toen ze de keuken in kwam om het theewater op te zetten. 'Vrouw Verhagen; die is voorlopig nog niet weg!'
'Van de schoenenzaak?'
Nelly knikte. 'Haar man is dood. Ze drijft het zaakje nu met Jantien, je weet wel... met die bril!'
Ja, Ika wist het nog. Jantien werd vroeger ook geplaagd, net als zij. De brilleglazen, van een sterkte die haar ogen tot verbaasde koeieogen maakten, waren voor veel kinderen een bron van vermaak geweest. 'Is Jantien niet getrouwd?', vroeg ze.
Nelly schudde haar hoofd, terwijl ze kopjes op het theeblad zette. 'Ze heeft nu lenzen', vertelde Nelly ongevraagd verder. 'Ze ziet er heel wat beter uit... Maar ja, ze loopt ook al tegen de vijfendertig...'
Nelly bedoelde er vast niets mee, ze zei het zo argeloos. Maar bij Ika haakten de woorden in een zere plek. Het was alsof Nelly hardop gezegd had dat je je jeugd niet zomaar overgroeide en dat het nog steeds gold: 'Eens gemeden, altijd gemeden'! Alsof Nelly het over haar had.
Misschien zou ze Jantien eens op moeten zoeken. Direct duwde Ika die gedachte weer weg. Wat had ze met Jantien te maken? Ze moest niet weer wegzakken in dit dorp. Ze was hier omdat het moest, voor moeder, voor Nelly. Maar zodra het kon, ging ze terug naar het leven dat ze had opgebouwd. Zodra er hier een streep kon worden gezet, was ze weg. Misschien dat ze Abe eens vragen zou... als de wintertuin mooi geworden was.
Later, als alles weer gewoon en rustig was.
Als ze erdoor kwam, heelhuids...

10

De avond viel, met een stoet donkere wolken aan de horizon. Daar waar de zon onderging, woedde een korte maar hevige brand in het donkergrijze. Ika stond ernaar te kijken voor het achterraam. Wat was het heerlijk om tot de horizon te kunnen kijken! Ze was het steeds blijven missen.
Nelly was naar huis. Ze was nu alleen met moeder en ze hadden haast nog geen woord gewisseld. De drempel naar de voorkamer leek wel hoger te worden. Ika had een uur aan het tekenbord gezeten, maar er welden geen gedachten over de tuin in haar op. Er kwam geen idee en ze wist dat het moest wachten. Het was geen werk dat je naar je hand kon zetten. Het moest eerst vorm krijgen, voordat je er aan kon sleutelen.
Het schielijk remmen van een fiets deed haar naar de weg kijken. De hoge heg bewoog alsof er een fiets werd ingegooid. Het grind knerpte. Een eigenwijs stekeltjeshoofd gleed langs het raam. Ika zag een glimp van bruine ogen en veel sproeten. Dat moest Abe zijn met de soep.
Er sprong iets op in haar borst toen ze hem zag wachten voor de keukendeur. Hij keek naar de pan in zijn handen. De vermicelli zat op het deksel. Toen Ika de deur opende, deed Abe een stap achteruit. Hij keek van de pan naar haar en toen weer naar de pan. In een langzaam en schuldbewust gebaar gingen zijn schouders omhoog. Hij stak de pan naar voren.
'De slierten zijn eruit!'
Ika wilde de pan overnemen, maar had niet gerekend op de

vettige handgrepen. En Abe liet ook wel erg snel los. De pan kletste met de platte bodem op het straatje. Het deksel schoot eraf en de soep klotste over de rand.
'Shit! Nou zitten er helemaal geen slierten meer in!', schrok Abe. Er schoot een gevoel tussen lachen en huilen in Ika omhoog. Het lachen won. Ze zakte neer in de deuropening en gaf zich er aan over. Ze zag dat Abe zijn handen aan zijn broek afveegde en hoe een brede grijns zijn gezicht op dat van Willem deed lijken.
'Er is nog genoeg over!', zei ze terwijl ze zich aan de deurpost optrok. Was ze ooit eerder van lachen zo moe geworden?
'Kom, was je handen maar!'
Abe stapte over de soeppan en de slierten de keuken binnen. Ika pakte de pan en volgde hem. Ze keek hoe hij dronk van de klaterende waterstraal. Hoe hij zijn handen afdroogde aan de blauwgeblokte handdoek.
'Hebbu nou echt wel genoeg?', vroeg hij trouwhartig.
Ika leunde tegen het aanrecht en knikte geruststellend.
'Hoe heb je dat op de fiets gedaan? Onder de snelbinders?'
Abe knikte. 'Ma zei dat ik moest lopen, maar mijn fiets stond nog voor... en het ging goed tot aan de verkeersdrempel aan het begin van de straat hier. Toen vergat ik die pan effe!'
'Ma', zei hij; dat was Nelly. Onbegrijpelijk kwam het Ika voor, dat dit kind uit Nelly en Willem geboren was. Hij stond daar, met de handdoek nog in zijn handen, als was hij van haar.
En uit de warme, weldoende pijn vandaan zei ze: 'Dus jij bent Abe!'
'En U tante Ika!', zei het jong. En toen moesten ze alweer allebei lachen.

*

'Hoeveel kinderen wil jij als je later groot bent?', had Nelly aan Ika gevraagd. Ze waren samen bij opa in de stal. Allebei een pop mee, die van Ika mocht naast die van Nelly in Nelly's poppewagen. Ika had erover moeten denken. Nelly had allang gezegd dat zij er wel vier wilde en was verdergegaan met hooibalen opstapelen tot een huis.
Toen Ika's antwoord kwam, was Nelly haar vraag al vergeten.

'Ik wil er één uit een ver land, die geen moeder meer heeft, of die heel zielig en ziek is. Eén, die niemand wil en dan ga ik juist heel goed voor hem zorgen, dat hij gelukkig wordt en weer beter...'
En na een ogenblik van nadenken zei ze nog: 'En ik neem geen vader! Want dat wil ik niet... een vader!'
Nelly vond het stom, want als je geen vader had, moest je zelf altijd thuis zijn en op de kinderen passen; dan kon je nooit naar de vrouwenvereniging.
'Nou', had Ika verontwaardigd gezegd, 'kijk dan bij ons. Wij hebben wel een vader, maar past die ooit op ons? Kan moeder soms naar de vrouwenvereniging?'
'Nee', zei Nelly, 'maar dat moet je van tevoren afspreken! Voor je gaat trouwen!'
Ika had verbluft gezwegen en Nelly aangestaard. Hoe kwam Nelly aan die wijsheid?

*

'Kan ik nog naar oma?', vroeg hij, terwijl hij de kamer inliep. Ze knikte. Zijn oma was haar moeder; ook dat kwam Ika onbegrijpelijk voor.
Abe was hier thuis, dat was duidelijk. Terwijl hij langs de duif liep, rekte hij zich tot het uiterste om tegen het hok te tikken. De duif roekoede meteen en Abe gaf de roep terug, exact.
En toch hoorde moeder in de voorkamer dat Abe er was. Ze riep hem; haar stem klonk anders. Ika liep achter Abe aan en keek van tussen de schuifdeuren hoe hij moeder begroette. Hij schoof bij haar op het bed en pakte haar hand, zijn stem klonk innig.
Moeders ogen! Waarom deden moeders ogen haar zo'n pijn? Alsof ze het Abe niet gunde! Ika liep terug naar de keuken, naar de pan met soep, die ze schoonmaakte aan de buitenkant en toen op laag vuur zette. Ze kon niet weer de kamer inlopen, ze wachtte tot Abe vanzelf kwam. Een grootmoeder en haar oudste kleinkind, het was toch logisch en goed dat ze zo op elkaar gesteld waren. Moeders ogen! En Abe die haar hand pakte en zijn stem zacht liet klinken!
Ze zou hem vragen naar de tuin, of de doronicum gebloeid had dit voorjaar.

Ze zette het vuur wat hoger; misschien wilde Abe ook soep blijven eten. Ze roerde met de houten lepel door de soep, maar zag niets anders dan moeders ogen en hoe die Abe tegemoet keken. De scherpe lucht van aangebrande aardappels riep haar terug. Ze liet de pan vol water lopen, zomaar met aardappels en al. Ze had toch geen trek; een bord soep, net als moeder, was voldoende.
De deur ging open en Abe snoof de lucht van de verbrande aardappels op. 'Zo!', zei hij veelbetekenend.
Ika kon opeens niet meer vragen of hij soep wilde. Ze keek zwijgend toe hoe hij zijn jack dichtritste.
'Nou, ik ga... We eten om zes uur!'
Ika knikte en hield de keukendeur voor hem open. 'Hoi!', zei hij, toen hij langs haar liep. Ze zag zijn schim langs het raam en hoe de heg bewoog toen hij zijn fiets eruit trok. Hij floot; het liedje was snel verdwenen.
Ze zette de soep uit en ging bij de keukentafel zitten.
In een plotselinge vlaag van angst kreeg ze het gevoel alsof ze nooit meer op kon staan. Het leven zou altijd doorgaan zonder haar. Zij stond aan de kant en keek toe. Abe, zo'n jongen als Abe... Ze legde haar hoofd op haar armen. Zelfs het vernis van de keukentafel rook naar vroeger. Het moest maar donker en koud worden. Nacht. Slapen. Niet meer naar moeder toe met soep, niet meer praten. Niet meer de rode plekken op moeders rug en billen zien. Niet met de föhn.
Maar de duif bleef maar roepen. Aanhoudend klonk het koeren. Het trok aan haar, het vroeg en smeekte. Met loodzware benen stond ze op. De keuken was al schemerig geworden en toen ze de kamer inkwam, had het donker zich genesteld in de hoeken en in de velours gordijnen. Ze deed een schemerlampje aan.
De duif sliep, zijn kopje in zijn veren. Dan had moeder geroepen. Aarzelend schoof Ika de schuifdeuren uiteen. Daar, in de voorkamer, was het al helemaal donker. Alleen het wit van het laken blonk op. Toen Ika het licht aanknipte, fel en wit, schokte het lichaam in het bed zo, dat ze het meteen weer uitdeed. Ook hier moest een schemerlampje zijn. Ze vond het opzij van moeders bed; dit licht was milder. Door het geelbruine kapje stroomde opeens een warm, huiselijk licht, dat de kamer veranderde.

Ze kon nu op de rand van het bed gaan zitten, net als Abe gedaan had. Moeders ogen waren in dit licht donkere poelen, zonder hardheid, zonder vragen. Ze nam de hand die op het laken lag. Droog en koel voelde die hand aan, perkamentachtig.
'Ik dacht dat je weggegaan was!'
Ika schudde haar hoofd. 'Ik zal de soep halen', zei ze na een hele poos van stilte.
'Ik moet plassen...', zei moeder zacht toen Ika opstond.
Het kwam door de klank van haar stem, het aarzelende, het 'kan ik jou dat wel vragen?' wat erin klonk, dat het gemakkelijk maakte voor Ika. Ze knikte. 'Dan doen we dat eerst.'
Moeder woog haast niets en klemde haar lippen stijf op elkaar om niet te kreunen. Het was moeilijk moeder vast te houden zonder haar pijn te doen, maar Ika voelde het ondanks haar onhandigheid als een overwinning.

*

Grootmoe, moeders moeder, had de laatste jaren van haar leven in een rolstoel gezeten. Ernstig suikerpatiënte als ze was, had ze amper meer macht over haar benen gehad. Voor Ika was grootmoe juist door de rolstoel belangrijker geworden.
Grootva wilde niet achter de rolstoel duwen. Dat kon hij niet, zei moeder. Ika begreep dat wel. Ze kon zich het ook niet voorstellen, grootva die achter een rolstoel duwde. Het paste niet bij hem, bij zijn zwarte jas en hoed, bij zijn sigaar. Hij had immers ook geen fiets, hij liep altijd. 'Een fiets ontneemt de mens zijn waardigheid', had hij eens in haar bijzijn gezegd.
Sinds grootmoe in een rolstoel zat, kwam Ika daar uit eigen beweging. Alsof ze altijd al een excuus had nodig gehad. Grootmoe vond het fijn als Ika kwam. Dat zei ze wel niet, maar Ika merkte het. Als Ika de rolstoel door het grind naar de weg geduwd had en hijgend even uitrustte, zag ze de verandering op grootmoe's gezicht. Die verandering bestond maar uit kleine dingen: het knipperen van haar ogen en de rechte streep van haar mond die zacht werd. In huis, in de pastorie, stond grootmoe's gezicht altijd droevig en ernstig. Ika kon zich niet heugen haar ooit eenmaal te hebben horen lachen. Er werd niet gelachen in

de pastorie. Ja, alleen door Nelly, soms, maar dan keek moeder al verschikt en zei dat ze rustig moest zijn, niet zo uitgelaten!
Ika duwde de rolstoel door de straten naar de dijk. Grootmoe hield van de rivier. Ika moest altijd stilhouden boven aan de dijk, daar waar ze tussen de rij buitendijkse huizen zicht op het water hadden. Ze wachtten daar net zo lang tot er een schip voorbijkwam. Soms duurde dat lang; dat was fijn.
Eens had grootmoe verteld dat haar ouders ook gevaren hadden. Het was onmogelijk voor Ika om zich grootmoe voor te stellen als schipperskind, met vlechten en wapperende rokken. Het was alsof grootmoe altijd oud, stil en ernstig geweest was.
Op een keer, toen ze op de dijk stonden en wachtten op een schip, was grootva langsgekomen. Ze had hem van verre aan zien komen, want zoals hij liep, liep geen ander.
'Grootmoe', had ze gezegd, 'daar komt grootva aan!'
Een beetje aarzelend had haar stem geklonken, net alsof ze bang was dat grootva het niet goed zou vinden dat ze hier stonden te kijken.
'Ik hoor een schip! Hoor je het geluid van de motor in de verte?', had grootmoe gezegd.
Ika luisterde en hoorde heel vaag het doffe geplof naderen. Grootva kwam steeds dichterbij. Het leek een wedren tussen het schip en grootva. Het gaf haar een benauwd gevoel, alsof ze klem zou komen te zitten bij de botsing tussen grootva en het schip. Maar grootva liep voorbij, op een paar meter afstand, zonder dat hij hen zag. Ika begreep niet hoe het kon. En op het moment dat hij passeerde, kwam de neus van het schip door de bocht van de rivier. Grootmoe wees, haar arm trilde.
Toen ze later de rolstoel tegen de plank op door de voordeur duwde, stond grootva in de gang. Hij deed een stap opzij. Ika haalde de doek om de wielen schoon te maken uit de keuken en grootva bleef staan kijken. Met een rood gezicht poetste ze de wielen blinkend schoon.
Toen ze hem aankeek, alsof ze vragen wilde of het zo goed was, nam hij opeens haar kin in zijn grote, witte hand. Ze had haar hele lijf voelen verstrakken. Hij keek haar aan, lang en indrin-

gend. Als ik nou maar niet ga huilen, had ze gedacht, als ik nou maar niet huilen moet!
Hij had iets onbegrijpelijks gezegd: 'Voor degene, die vergezelschapt is bij alle levenden, is er hoop; want een levende hond is beter dan een dode leeuw'.
Ze had alleen die levende hond en die dode leeuw onthouden, en dat grootva's stem niet boos of streng had geklonken.
Misschien was hij toch wel blij dat ze met grootmoe naar de dijk ging.

*

Ika warmde opnieuw de soep en bracht die bij moeder. Ze schudde de kussens in moeders rug wat losser en legde een servet op haar borst. Lepel voor lepel voerde ze moeder de soep. Ze kreeg een wee gevoel in haar rug van het zitten in dezelfde houding. Maar moeder at, en dat was belangrijk, had Nelly gezegd.
Toen Ika zelf ook gegeten had, vroeg moeder of ze lezen wilde. Ika pakte het bijbeltje van het nachtkastje. Ze keek moeder aan, maar moeder keek niet terug. Ze lag met haar ogen gesloten achterover in de kussens.
Ika bladerde naar de bladwijzer, maar kon daar niet lezen. Het was buiten haar wil om, maar ze las het verhaal van de dood van Eli. Het verhaal van haar naam: 'En zij noemde het jongsken Ikabod, zeggende: De eer is weggevoerd uit Israël! Omdat de ark Gods gevankelijk weggevoerd was, en om haars schoonvaders en haars mans wil. En zij zeide: De eer is gevankelijk weggevoerd uit Israël, want de ark Gods is genomen.'
Haar stem haperde niet, rustig en helder klonken de woorden. Er was een koude ruimte in haar borst, waardoor ze zo rustig en kalm kon lezen. Toen ze klaar was en de Bijbel dichtsloeg, zag ze tranen op moeders gezicht. Het zachte licht van de schemerlamp weerspiegelde erin. Maar door de koude ruimte binnenin haar kon ze opstaan en de lege borden wegnemen, zonder woorden.
Moeder prevelde het dankgebed. Terwijl Ika de borden omspoelde, kwamen de bekende woorden van het dankgebed in haar herinnering. En met de woorden kwam het gezicht van vader.
Toen ze de keuken had opgeruimd, zocht ze naar het oude foto-

album. Ze ging bij de tafel zitten onder de grote lamp en keek aandachtig. Blad voor blad sloeg ze om. Foto's van moeder toen ze jong was, met een guitigheid die Ika nimmer gezien had. Moeder met Machteld, haar jong-overleden vriendin, aan een slootkant in de lente. Lieve gezichten. Schoolfoto's met meester Molenaar. Nelly en zij samen in een bank, Nelly lachend en stralend, zij stug en achteruitgeleund alsof ze zich eraan onttrekken wilde.
De pastorie vond Ika, met de bloeiende border van rode salvia's. Ze herinnerde zich dat het de eerste kleurenfoto was die ze onder ogen had gekregen. Toen was hij prachtig geweest; nu kwamen de kleuren op haar onwerkelijk en vals over.
Vader bij de schuur, zijn fiets in zijn hand. Lachend voor de foto, want ze kon zich niet heugen hem ooit op die manier te hebben zien lachen.
De boerderij van opa. Nelly bij de sikken. En dan, als een verrassing, een foto van haarzelf, achter de rolstoel met grootmoe erin. De foto was genomen terwijl ze de rolstoel de stoep opduwde naar de dijk. Duidelijk was te zien hoe ze haar hele gewicht liet mee duwen. Haar benen schrap en haar handen en borst tegen de duwstang.
Grootmoe met dichte ogen; ja, zo zat ze vaak. Maar op de dijk waren haar ogen altijd open.
Deze foto had ze nooit eerder gezien. Het was een raadsel wie hem genomen had.
Het gezicht van grootmoe leek op dat van moeder, zoals die nu was. Nooit was het Ika opgevallen, maar het leek nu één gezicht. Moeder zoals ze achterover in de kussens had gelegen tijdens het lezen en grootmoe zoals ze in de rolstoel zat halverwege de stoep tegen de dijk op.

11

Het kamertje lag boven de voorkamer. Er was weinig in veranderd. Het smalle bed stond tegen het schuine dak. Dezelfde gordijnen met de blauwe strepen hingen er nog.
Ika vroeg zich af of ze moeder zou horen als die riep. Willem zei van wel; hij had hier de afgelopen nachten geslapen.
Ze verschoonde het bed en zette haar koffer in de kast. Ze pakte niet uit, ze moest het idee blijven houden dat ze in een minuut vertrekken kon.
Aan de muur hing nog steeds de plaat die ze ooit van meester Molenaar had gekregen. Dat was toen ze de Tien Geboden uit haar hoofd kon opzeggen. Ze wist het nog goed. De plaat was ondertiteld met 'Laat de kinderen tot Mij komen'. Dat paste uitstekend bij de voorstelling: Jezus met om zich heen kinderen van allerlei ras. Er was nogal wat te doen geweest om die plaat. En dat zij er nu toch nog hing!
Ika veegde het stof van de rand. Ze hield van de plaat; die had haar indertijd minder angstig gemaakt. Het was het tegenovergestelde geweest van de preken van grootva.
Wie de plaat had ingelijst, wist Ika niet. Ze moest het morgen eens aan Nelly vragen. Met een glimlach herinnerde ze zich hoe de plaat haar gerustgesteld had. Alle preken van grootva waren naar de achtergrond verdwenen als ze keek naar deze plaat. Ze was meester Molenaar er nog dankbaar voor.

*

Ika was een jaar of elf. Ze sliep slecht in die tijd. Vaak zat ze 's avonds laat voor het raam van haar kamertje en telde de auto's die langs reden op de kruising verderop.
Als er twintig gepasseerd waren, zou ze kunnen slapen. Maar soms begon ze noodgedwongen aan de tweede twintig. Dat duurde dan langer, want dan was het al heel laat en reden er niet zoveel auto's meer. In haar bed kon ze het niet uithouden en naar beneden durfde ze niet: dat vond vader niet goed.
Bidden durfde ze ook niet, hoewel dat soms het beste leek. Maar als ze bad, had ze het gevoel dat God haar zag, haar zonde en haar slechtheid. En dan hoorde ze weer de preken van grootva, waarin hij sprak over de God der wrake, die de zonde niet gedogen kon. En ook in de Bijbel stonden vreselijke verhalen over vuur dat uit de hemel viel, over mensen die om een leugen dood neervielen, over de pestilentie die in de duisternis rondwaart. Al wist ze niet precies wat dat was, het klonk angstaanjagend.
En toen kreeg ze de plaat van Jezus en de kinderen. Het waren gewone kinderen, een meisje in een lichtblauwe jurk en aan de voeten van Jezus een negerjongetje, dat alleen maar een lendedoekje droeg. Er was een Chineesje en op Jezus' schoot zat een Indiaans meisje met een doek om. De arm van Jezus lag om de schouders van een meisje met een rokje van riet en een schelpenketting. Hij hield van allemaal! Dat zag je! Het gaf niet waar je vandaan kwam of hoe je eruitzag.
Ze was zo blij met de plaat, dat het de meester opgevallen was.
'Sta je er zelf bij, Ika?', had hij gevraagd.
Ze had eerst nee geschud, twijfelend, en toen toch aarzelend geknikt.
'Ik zie je staan, hoor!' zei de meester. 'Daar, tussen het Chineesje en de negerjongen, daar leunt, geloof ik, nog iemand tegen Jezus' knie!'
Het was niet waar, maar als de meester het zei, zag Ika het toch! Ze begrepen elkaar en Ika bedacht dat het jammer was dat er geen grote mensen tussen stonden. Maar de meester zei: 'Voor Jezus zijn we allemaal kinderen, Ika. Ik sta er ook tussen! Zie je me wel?'
Thuisgekomen liet ze de plaat aan moeder zien. Als een kostbaar

kleinood had ze haar tussen haar jurk en haar jas naar huis gedragen. Als ik nou maar niet achternagezeten word!, had ze gedacht. Als ik maar niet hoef te rennen!
Maar niemand keek naar haar om toen ze het schoolplein afliep. Het was alsof Jezus zelf haar bescherming bood.
Moeder keek naar de plaat, Ika naar moeders gezicht. Vol verwachting: moeder zou hem toch zeker ook prachtig mooi vinden?
Moeder schoof de plaat van zich af: 'Het is zonde om God of Jezus af te beelden! Dat heb je toch zelf net geleerd, het tweede gebod! En nou kom jij thuis met zo'n plaat! Meester Molenaar zeker! 't Is maar goed dat grootva het niet weet!'
Ika had de plaat meegenomen en verstopt. Pas veel later had ze haar durven ophangen. Het kon haar niet schelen wat moeder ervan vond en grootva kwam haast nooit bij hen, zeker niet boven! Maar dat moeder niet gezien had hoe Jezus keek! Dat moeder zomaar de plaat weggeschoven had! Het maakte haar bang, want ze kon moeder niet vinden op de plaat. Hoe ze het ook probeerde, moeder was er niet! Dat ze grootva en vader niet vinden kon, vond ze niet erg. Nelly was er wel en grootmoe ook, maar moeder moest er eigenlijk ook bij zijn!

*

Beneden hoestte moeder; het was duidelijk te horen door de planken vloer. Waarschijnlijk zou ze toch niet zo vast slapen. Het kon wel: als moeder haar nodig had, was ze zo beneden.
Ze knipte het licht uit en liep de trap af.
Moeders ogen stonden verwijtend. Ika begreep het wel, ze had inderdaad nog weinig bij moeder gezeten vandaag. Ze pakte een tuinplantenencyclopedie en ging in de stoel bij het schemerlampje zitten.
Ze voelde moeders ogen terwijl ze langzaam door het boek bladerde.
Moeder zuchtte zo nu en dan. Ika ging luisteren naar het zuchten en ze kreeg het gevoel dat ze moeder aan het plagen was. Ze legde het boek weg en keek moeder aan.
Moeders handen streken rusteloos het laken glad.

'Kan ik iets voor u doen?', vroeg Ika zacht.
'Niemand kan iets voor mij doen!', was moeders antwoord. Het was onvoorstelbaar hoe moeder altijd alle zachte gevoelens om zeep hielp.
Zou er geen gewoon gesprek te voeren zijn? Ika begon over de wintertuin. Ze vertelde van de opdracht en van het werk dat er aan vast zat. Moeder hield haar ogen gesloten, maar toch had Ika het gevoel dat ze luisterde.
Toen Ika uitverteld was en het stil bleef, zei moeder: 'Ze verzinnen toch van alles... Wie bedenkt er nou een wintertuin!'
'Nou..., ik dus!' Het klonk trots.
''s Winters groeit er toch niks!'
'Dat kon u nog wel eens meevallen: er zijn planten die in januari al bloeien... En veel struiken zijn groenblijvend!'
'Dat je daar je geld mee kunt verdienen!', klonk het schamper.
Ika pakte het boek weer op, ze had geen zin meer. Dan verdroeg ze het zuchten maar. Maar moeder gaf het niet gauw op. 'Het is te licht. Kun je niet een schemerlampje uitdoen?'
'Dat wordt dan die bij uw bed, want deze boven mijn hoofd blijft aan!', zei Ika zonder op te zien. Moeder gaf geen antwoord. Ze draaide haar gezicht naar de muur.
Ika haalde papier en pen uit haar tas en maakte wat aantekeningen. Ze begon erin te komen. Vaag zag ze de contouren van een halfronde, glazen koepel voor zich. Met aan de voorkant een demontabel gedeelte, dat in de zomer kon worden weggehaald. Het pad moest vanuit de hal rondlopen langs de glazen wand, als twee armen; alsof het midden in een omarming aan het hart gedrukt werd. De hal van het hotel zou immers het kloppende hart van het geheel zijn, want daarin waren de receptie, de ontmoetingsbar en de lounge.
Het was alsof er een motortje op gang kwam in Ika en in haar gedachten overlegde ze met Simone. Zou er geheid moeten worden onder een wand van glas? Vast wel! Daar moest dan nu al rekening mee gehouden worden. Ze maakte een aantekening voor Simone.
Ze schrok op van moeders stem, die bitter klonk.
'Ik zou het meer waard vinden als je een man had... en kinderen!

Dat is de bestemming van een vrouw, niet dat wat jij zoekt. Dat gewroet in de aarde... Ik begrijp niet van wie je dat hebt!'
Ika stond op, pakte haar spullen bijeen en liep naar de achterkamer. Op de grens tussen de schuifdeuren keek ze om.
'Ik weet ook niet van wie ik dat heb; ik weet zo veel niet! Wie mijn vader was bijvoorbeeld!'
'Van je vader heb je het beslist niet!'
Ika liet de tas uit haar handen vallen. Terwijl ze bukte, zei ze: 'Zo, nu weet ik tenminste iets... Het tuinen heb ik niet van hem!'
Aan de tafel voor het achterraam probeerde ze de draad weer op te pakken, maar het lukte niet. Het idee van de omarming leek opeens idioot.
Het bleef stil in de voorkamer. Het was geen goede stilte, het was een stilte vol bitterheid en verwijt.
Ika overwoog of ze Simone zou bellen, zomaar, om wat te praten. Maar Simone zou vragen hoe het was hier en wat moest ze dan zeggen? Ze kon er tegen Simone niet om liegen.
Met haar hoofd in haar handen maakte Ika de balans op van de dag. Abe!, dat was nog het beste geweest. En ook Nelly, het weerzien met Nelly was goed. Dokter Spaan, wat had hij bedoeld met zijn cryptogram over moeder? Moeder...
Ze had immers geweten hoe moeder zijn zou. Ze had immers geen illusie gehad. Ze moest niet sentimenteel worden, daar schoot ze niets mee op.
Ze stond op om wat melk te warmen. Leunend tegen het aanrecht zag ze zichzelf weerspiegeld in het keukenraam. Het rechte haar langs haar gezicht, de lijn van haar hals en de afhangende schouders. Sluik, dat was het goede woord.
Ineens klosten er voetstappen achterom en met een ruk werd de keukendeur opengetrokken. De gasvlam onder de melk suisde in de windvlaag. Willem schopte zijn sloffen uit en kraakte de rieten stoel.
'Zo, ik dacht: ik kijk nog maar even hoe het hier is!'
Net op tijd kon Ika de omhoog bruisende melk terug blazen.
'Wat ben je aan het doen? Pap koken?'
Nu kon ze de lach niet langer tegenhouden. 'Melk warmen; wil je ook?'

Hij trok een vies gezicht en vroeg met een snelle beweging van zijn hoofd in de richting van de voorkamer: 'Hoe is het?'
Ika haalde haar schouders op. 'Ik weet het niet! Ze heeft pijn, geloof ik!'
'Ze doet dus lelijk...', begreep Willem. 'Mooi is dat!'
Hij hees zich uit de stoel en liep naar de voorkamer. Ika volgde met de bekers melk. Met een ruk schoof hij de schuifdeuren verder open en trok een stoel bij het bed.
Verbaasd keek Ika hoe er op moeders gezicht een glimlach kwam. Ze zette de bekers neer en wachtte. Ze hield haar adem in.
Willem hield zijn stem op het – voor hem – gewone volume. Maar in de voorkamer klonk dat als heiligheidschennis.
'Zo, heb je nog de marathon gelopen vandaag? Of lig je maar lui te wezen?'
Ika kon haar oren niet geloven. Wat had die man, dat hij op zo'n toon tegen moeder sprak en dat ze dat nog nam ook?!
Was dat het, wat dokter Spaan bedoelde met zijn 'erdoorheen prikken'? Moest het zo, zoals Willem het deed op zijn ongegeneerde hartveroverende manier? Waarom kon zij dat niet? Moeder genoot ervan, ze zag het! Zoals moeders ogen hem aankeken, zo hadden ze naar haar nog niet gekeken. Waarom was het zo moeilijk tussen moeder en haar? Was het omdat zij moeder niet onbevangen kon benaderen? Was het omdat het hele verleden in de kamer was, in hun blikken, in hun woorden? Was het angst?
Willem vertelde het een en ander, zomaar lukraak, over de nieuwtjes in het dorp, over de jongens, over het werk. – Er kwam een vel op de melk, maar Ika zag het niet, ze luisterde, net als moeder. – Willem maakte beschoeiingen langs sloten en plassen.
Zwaar werk, maar net wat voor iemand met zijn ongedurigheid, zoals hij zelf zei. In de buitenlucht en steeds weer ergens anders, dat was beter dan achter een bureau.
'Doe je ook vijvers?', hoorde Ika zichzelf vragen.
'Alleen heel grote, die een beschoeiing nodig hebben. Voor een tuinvijvertje kun je beter naar het tuincentrum!'

*

Er had een advertentie in de krant gestaan. 'Vakantiemedewerkers gevraagd op tuincentrum!' Ika wist meteen dat het om het bedrijf van Barts vader ging. Al kwam ze er nooit meer, ze wist het zeker. Er was maar een kwekerij aan de Herenweg.
Ze was geslaagd voor haar Mulo-examen en dus was ze vroeg vrij dat jaar. En ze wilde graag werken in de bloemen. Ze wist allang dat ze het niet vragen moest, maar doen!
Ze knipte de advertentie uit en liet haar een dag op tafel liggen. Om moeder voor te bereiden; dat werkte meestal.
Vader was erover begonnen. Wat dat knipsel daar deed en wat ze zich in haar hoofd haalde?
Hem niet aankijken, wist ze, gewoon, als terloops, antwoord geven. Als hij merkte dat het belangrijk voor haar was, dan was hij tegen. 'Ach, thuislopen de hele tijd is toch ook niks. De vakantie is zo lang dit keer en het lijkt me wel aardig, een goede voorbereiding op de middelbare tuinbouwschool!'
Ze was ondertussen gewoon doorgegaan met het afruimen van de tafel. Vader had schamper afgegeven op de tuinbouwschool en gezegd dat het zonde was dat ze, in plaats van haar hersens te gebruiken, in de grond ging wroeten, maar over het vakantiewerk had hij niets meer gezegd. Moeder keek alleen. Dus was Ika de volgende dag gegaan, met bonzend hart. Ze was er lang niet geweest, eerst was er het verbod van moeder en later was ze te groot geweest om met een jongen te spelen.
Ze herkende de lange, blonde man meteen, de vader van Bart. Hij was veel ouder, zijn gezicht had duizend fijne rimpeltjes.
Hij had haar ook herkend. Meteen. Zijn lach was als die van Bart, zijn hand hard en eeltig en op een rare manier vertrouwd.
'Was jij vroeger niet bevriend met mijn zoon?'
Ze had geknikt en ongevraagd de informatie gekregen, die ze verlangde. 'Hij zit in Amerika voor een jaar... Stage! Dus jij wil in de business hier. Nou, dan moest je aanstaande maandag maar beginnen!'
Zeven weken had ze de hitte in de kassen doorstaan. Het was een hete zomer geweest. De vochtige broeilucht van warme aarde zou nadien altijd aan die tijd herinneren. En ook aan Bart, die ze niet ontmoette, maar toch veel beter leerde kennen, want zijn vader

las in de koffiepauze zijn brieven voor aan het personeel. Elke week één, en altijd over het vak, maar op een toon die voor Ika onvoorstelbaar was. Dat een vader zo over een kind kon praten! Trots.

*

Ineens vroeg ze dwars door het verhaal van Willem heen: 'Bestaat het tuincentrum aan de Herenweg nog?'
Willem dacht na en schudde toen zijn hoofd. 'Nee, volgens mij is het daar niet meer. Je bedoelt toch dat van Hogerveer? Dat zit nou verderop aan het kanaal. Over het spoor, weet je wel?'
Ika knikte. Ze durfde niet te vragen of Willem soms wist wie er de baas was nu. Misschien was Bart wel nooit teruggekomen uit Amerika.
Willem stond op en rekte zich uit, zijn vingers raakten bijna de lage zoldering.
'Nou, welterusten en niet te vaak zeuren!', zei hij tegen moeder. En Ika kreeg een knipoog.
Nadat ze met angst en beven moeders rug verzorgd had, liep Ika naar boven. Ze lag lang wakker en hoorde hoe ook moeder zich keer op keer omdraaide; soms kreunde ze en mompelde ze wat.
Ze riep niet die nacht, niet één keer. En toch lag Ika daar op te wachten, tussen de momenten van wegzakken en dromen door. Dat ze niet één keer nodig was! Was het omdat moeder haar niet wilde, of durfde moeder niet?
Toen het bijna vier uur in de morgen was, liep Ika naar beneden, de trap af, de donkere gang door. Ze luisterde aan de deur naar de voorkamer. Het schemerlampje brandde nog, het zuchten was duidelijk te horen. En ook het neerzetten van een glas op het nachtkastje.
Ika dacht aan de melk, die nog in de bekers op het theeblad stond. Vergeten! Zou moeder dorst hebben? Zou ze vast een kopje thee gaan zetten? Maar het ging niet; ze kon de deur niet openmaken. Ze ging terug naar boven, verbaasd over het feit dat ze in die korte tijd zo door- en doorkoud geworden was.
Verlangend wachtte ze op de eerste vogels in de dakgoot. Zoals vroeger.

12

De dauw lag in ronde druppels op het blad van de vrouwenmantel. Het licht was goud, herfstlicht. Diep ademde Ika de ochtendlucht in. De vroege zon voelde warm aan op haar gezicht. Ika keek omhoog in het blauw. Vandaag zou moeder praten. Het zou beter gaan dan gisteren. Het moest beter gaan. Iets nieuws moest er komen. Ze moest maar vragen stellen. En volhouden, niet aan zichzelf denken, moeder voorop zetten. Ze was hier niet voor niets naar toe gekomen. En er was niet veel tijd, misschien. Het was met moeder net als met de wintertuin. Er moest iets opengaan, er moest iets geboren worden.
Terwijl het wazig werd voor haar ogen van het strakke kijken, bedacht Ika dat het bij haar moest beginnen. Wat had het voor zin iets van iemand te verwachten als je zelf iets verlangde?
Ze moest naar binnen gaan en moeder een kus geven. Dat was de eerste opdracht. Dat dat nou zo moeilijk was!
Thee was zo gezet. Ze smeerde een beschuit, legde er dunne plakjes kaas op. Dat lustte moeder vroeger zo graag.

*

Ze was de hele dag op de boerderij geweest. De stal moest geboend worden!
Gisteren waren de koeien het land ingegaan. Springend en hollend van gekkigheid. Aaltje had haar gevraagd.
''k Begrijp niet wat je eraan vindt!', had moeder gezegd, 'zo'n stinkboel!'

Maar Ika had gedanst als de koeien. Het was juist heerlijk! De stal boenen! Met de grote slang aan de kraan en dan maar spuiten en boenen met de bezem, net zo lang tot alle mest en troep verdwenen waren. En als dan aan het eind van de middag de stal druipend blonk, was iedereen doodmoe maar dik tevreden.
Ika werkte tegen de groten op. Ze zou wel eens laten zien dat ze boenen kon. Laat die anderen maar zuchten en klagen over hun rug, zij niet, al voelde ze best wat!
Ze liep op zwarte kaplaarzen die van Aaltje geweest waren. – Aaltje had een knoop gedraaid in haar wijde rok. Zo werd die niet zo nat. – Ika's magere knieën kwamen net boven de kaplaarzen uit. De laarzen sopten al en zelfs haar haar hing in natte slierten rond haar gezicht. Het was niet expres gebeurd, maar de harde waterstraal ketste als een fontein terug in de hoeken van de goot.
Het was al vier uur geweest toen Aaltje riep dat er koffie was. Ika kreeg ook, al was het bijna wit van de melk. Haar tanden klapperden tegen de rand van het kopje. En haar ijskoude handen kwamen weer tot leven.
Ze hoopte op een dikke plak snijkoek! Aaltje leek wel helderziend, want ze stond op met de boodschap dat ze eens ging zien of er nog wat was. Halverwege draaide ze zich nog om en riep: 'Of heb je liever een beschuit met kaas?'
Dat lust moeder zo graag, schoot het door Ika heen. Zelf hield ze er niet van, maar ze zou haar voor moeder kunnen bewaren. 'Ja, liever een beschuit, Aaltje!'
Toen Aaltje het voor haar neerzette, was het nog heel moeilijk ervan af te blijven. Ze had zo'n trek gekregen van het boenen. Maar ze bleef bij haar besluit. Het was leuk om een verrassing voor moeder te hebben. Wat zou moeder wel zeggen, als ze het achter haar rug vandaan toverde!
Onderweg naar huis merkte ze dat de beschuit een beetje nat werd – ze was immers zelf zo nat. Ze probeerde haar droog te blazen, maar dat ging niet.
Moeder stond krootjes te schaven, haar handen helemaal rood. Telkens blies ze een haarpiek voor haar ogen weg.
Ika ging stil achter haar staan en zei met de blijdschap om de

verrassing in haar stem: 'Raad eens, moe, wat ik voor u heb meegebracht!'
Moeders schouders bewogen: 'Ik zou het niet weten!'
Ika haalde de beschuit achter haar rug vandaan; ze leek nog wel natter. Ze schoof haar op het aanrecht naast de krootjespan en keek naar moeder op.
'Wat is dat?', zei moeder met een vies gezicht.
'Nou, een beschuit immers, met kaas... Daar houdt u toch zo van?'
'Hoe kom je er aan?'
Ze keek naar moeders gezicht; moeder had zeker geen trek. Teleurstelling klom in haar borst omhoog. Ineens uitgeblust zei ze zacht: 'Van Aaltje... Ik mocht kiezen, snijkoek of dit, en toen dacht ik... voor u!'
Moeder had een kroot laten vallen, terug in de pan. Er sprong een rode spetter onder haar oog; daar wreef ze over met haar hand. Toen werd het nog erger. Ze moest haar gezicht onder de kraan wassen voor het weg was.
En toen ze daarna zei: 'Lief van je, dat je aan mij gedacht hebt!', was het net alsof ze gehuild had. Maar dat zal wel niet, want moeder huilde niet zo gauw.
Het gaf Ika een vreemd, onrustig gevoel van binnen. Net alsof ze moeder pijn gedaan had.

*

Moeder sliep toen Ika de voorkamer binnen kwam. Ze zette de thee op het nachtkastje en schoof de gordijnen zachtjes open. De kamer werd er wakker van. Ika zette het raam open.
Ika ging voorzichtig op het randje van het bed zitten. Ze keek naar moeders mond, die met kleine geluidjes in- en uitademde. Zo ontspannen was het een mooie mond, nog jong eigenlijk. Drieënvijftig was moeder. Dat was nog erg jong om dood te gaan.
Had ze moeders mond geërfd? Ze wist het niet. De mond van Nelly was anders. Ze bedwong de opwelling om naar de spiegel te lopen. Wat maakte het uit of ze moeders mond had?
Ze likte haar lippen nat en gaf een kus op haar eigen hand. Zo

moest het, het was niets. Ze zuchtte diep en boog zich voorover naar moeders wang. Een geur van ziek-zijn drong in haar neus. Dat was de lucht van de zalf voor moeders plekken.
Warm en droog was moeders huid tegen haar lippen. Haar hart maakte een rare sprong toen ze weer recht ging zitten. Moeders ogen waren open.
'Ik heb thee gezet!', zei ze.
Moeder wendde haar ogen af en probeerde overeind te komen. Ika schudde de kussens op voor achter moeders rug. De stilte van buiten leek de kamer in te stromen. Een goede stilte zonder woorden.
Ika gaf het bord met de beschuit aan. Moeder nam kleine hapjes, het kraken maakte de stilte nog intenser. Dacht moeder nu ook aan dat andere beschuitje? Ika glimlachte over haar beker thee heen en moeder bleef steken in haar beweging en knikte.
Er reed een auto door de straat. Daarna was het weer stil.
Het was nog maar half acht, zag Ika op de wekker.
'Komt de zuster elke dag?'
Moeder schudde haar hoofd. Toen ze haar mond leeg had, zei ze: 'Alleen op dinsdag en vrijdag!' Ze twijfelde even. 'Het is nu toch woensdag?'
Ika knikte en glimlachte. In deze vroege stilte leek het niet zo moeilijk meer. Maar je wist nooit bij moeder hoe lang het duurde.
'Zal ik u dan wassen?'
Moeder keek haar aan. Er was zo weinig in moeders ogen te zien. Eigenlijk alleen maar pijn, een pijn die alle emoties verdrong.
'Of wacht u liever op Nelly?' Ika klemde haar handen ineen, alsof ze bang werd voor wat ze nog meer zeggen zou. 'Ik zal heel voorzichtig zijn, u zegt maar hoe het moet!'
Ika stond voor de kast en pakte moeders ondergoed. 'Wilt u de blauwe pon of liever de flanellen?'
Moeder gaf geen antwoord. Ze schoof het bord weg en vouwde haar handen. Lang lag ze met gesloten ogen. Ika zag het in de spiegel aan de binnenkant van de kastdeur. Ze wachtte bewegingloos tot moeder haar ogen weer opendeed. Hun ogen vonden elkaar in de spiegel. 'Doe maar de blauwe...'
Ineens waren moeders ogen anders, alsof de spiegel door de pijn heen liet kijken. Ika schrok ervan: het waren ogen die zo een-

zaam waren, alsof moeder haar leven lang al op dat bed gelegen had en nooit een mens ontmoet had, nooit een gesprek gevoerd had..., alsof haar de mogelijkheid ontbrak om op welke wijze dan ook een medemens te ontmoeten.
Ika draaide zich om, legde de pon op het bed en ging op de rand dicht bij moeder zitten.
Nu waren de ogen weer zoals eerst, pijnogen. Een ijskoude angst schoot in Ika omhoog, alsof ze nu pas besefte dat moeder sterven zou. Wie weet hoe snel al!
'Ik zal water halen, ja? En als u gewassen bent, dan maak ik koffie, net als gisteren!'
Moeder keek van haar weg, ze streek met haar handen het laken glad. 'Waarom zou je blijven?'
'Omdat ik voor u wil zorgen!', zei Ika dwars door de groter wordende pijn in haar borst. 'Omdat u ziek bent, en iemand moet toch voor u zorgen?'
'Nelly!', zei moeder.
'Maar Nelly heeft toch een eigen gezin, die kan toch niet altijd hier zijn...'
Ika stond op; de pijn werd ondraaglijk, maar terwijl ze zich bukte om het teiltje te pakken, zei ze het: 'U bent toch ook míjn moeder!'
En bij het aanrecht, terwijl het geluid van de waterstraal haar schokkende snikken overstemde, kwam toch ook dat wat ze eigenlijk had willen zeggen: 'Ik ben toch óók uw kind!'
Dat het zo'n pijn deed, dat het weer voelde als het scheuren van cellofaan!
Ze liep terug, ondanks de tranen die niet te beheersen waren. Ze sloeg het laken terug, kleedde moeder uit en waste haar met een tederheid die achter de pijn van het snikken begonnen was te groeien. Ze depte de plekken van het doorliggen droog. Ze föhnde en bracht de zalf aan. Ze kamde moeders haar en knipte een nagel die haakte. De tederheid bleef, alsof moeder een kind was, hulpeloos en slechts in staat te ontvangen. Nog te hulpeloos om een glimlach terug te geven.
Toen Ika het waswater weggoot, zei ze ineens: 'O God!'
Want die tederheid, die achter het scheuren begonnen was, maak-

te haar borst van binnen warm en ruim. Die tederheid..., dat was iets nieuws...
Ze zong met het suizen van het water in de ketel mee.
De koffie geurde en van buiten kwam het geluid van een koolmees. Tsji-ti-tu, tjsi-ti-tu, tsji-ti-tu.
Ika zette de keukendeur op de haak om het nog beter te kunnen horen.

*

Toen Nelly geboren was, had Ika dagenlang verwonderd aan de wieg gestaan. Het was altijd haar vroegste herinnering gebleven. Dat zacht ademende popje, met die knuistjes uit de mouwtjes van het kleinste glansgaren truitje. De rode beentjes gerold in de zachte luier met het roze randje. De ervaring van een wonder, een wonder van God, had haar kinderhart verrukt tot vervoering toe. En moeder lag in bed met rode ogen; al het wit van haar ogen was bloedrood. Dat kwam van de ooievaar, zei dokter Spaan.
'Is ze gepikt?', had Ika verontwaardigd gevraagd.
'Dat zou wel eens kunnen! Maar het gaat echt weer over!', had hij gezegd.
Grootmoe was gekomen en had op haar langzame, rustige manier voor het huishouden gezorgd. En toen Ika haar bezorgdheid over moeders ogen uitsprak, had grootmoe haar gerustgesteld. Het kwam niet van de ooievaar, maar van het kindje. En het gaf niets, dat gebeurde soms. Van grootmoe nam Ika dat onmiddellijk aan. Ze had trouwens geen ooievaar gezien.
'Blijft ze?', had Ika aan moeder gevraagd, toen moeder Nelly de borst gaf.
Moeder had geknikt en van het kindje naar haar gekeken.
'Altijd?'
'Altijd! Vind je dat fijn?'
Ika had haar hand op het buikje van Nelly gelegd, vlak bij moeders borst. Zachtjes voelde ze het zuigen en slikken.
Ze had geknikt: 'Tuurlijk! Nou heb ik een zusje... Vindt u het ook fijn?'
Moeder was zo lief als ze zo glimlachte.

*

De telefoon bracht een geluid uit een andere wereld. Verbaasd ging Ika er op af en vond hem in de gang.
Het was Simone. Kortaf en bruusk zoals altijd als ze bang was voor emoties. Of ze nog leefde en de wintertuin al klaar had...?
Ika leunde met gesloten ogen tegen de muur om de gang niet te hoeven zien. Ze zei dat het met haar goed ging en dat ze in haar oude bed geslapen had. En wat de wintertuin betrof, had Simone al aan een leverancier voor de tegels gedacht? 'Nee', zei Simone, 'dat is jouw werk! Je hebt hem dus al in je hoofd...?'
'Echt niet!', gaf Ika terug, 'ik ben amper begonnen...'
'Kun je daar werken?' Simones stem klonk sceptisch.
'Ik ben zo blij dat je belt! Je hoeft je geen zorgen te maken, het gaat wel... Echt.'
'Ik maak me geen zorgen, ik had alleen een rotnacht, je spookte...'
Ika zag Simones gezicht voor zich, hoe het stond terwijl ze dit zei. Ze glimlachte en begon weer over de bestrating van de wintertuin.
'Ik had zo gedacht: we moeten de tegels maar bij Van Leeuwen halen; die heeft alle soorten!'
'Ben jij getikt!', schoot Simone vinnig uit, 'die vent heeft ons zowat de kop gekost met de speeltuintjes! Hij heeft ons afschuwelijk belazerd met zijn levertijden en ook nog opgelicht! Hoe krijg je het in je hoofd!'
'Toch vraag ik maar eens een prijsopgave...!'
'Waarom nou daar? Zijn er geen anderen te vinden? Hebben ze je gehersenspoeld of zo?'
'Misschien wil Van Leeuwen het wel goedmaken. Daar moet je een gelegenheid voor scheppen; sommige mensen kunnen dat niet uit zichzelf!'
Het bleef even stil. Toen zuchtte Simone.
'Hou het nou even zakelijk, idioot! We zijn niet allemaal besmet met je gelegenheids-goedmaak-virus!'
'Goed!', zei Ika. 'Ik heb zijn nummer nog wel, dan neem ik wel contact op. Bedankt voor het bellen en schop niet tegen het archief. Je breekt nog eens je tenen!'
De zon scheen zelfs door het gangraampje en toverde groen en blauw mozaïek op de vloer.

13

De duif riep en Ika zette het deurtje open.
Met de vogel op haar schouder zette ze het tekenbord klaar. De dag lokte om te werken, ze zou de ideeën van gisteravond maar eerst op papier zetten. Ze lijnde de tuin uit en gaf aan waar de entree was. De duif koerde en keek mee.
De wind stak op en rukte aan het raam. Ika sloot het. Het weer ging veranderen. Er waren grote, bolle wolken die met een vaart langs de blauwe hemel schoven. De zon scheen zo nu en dan nog hel door het raam in een schuine streep over het werkblad, maar juist als ze het bord verzetten zou voor een gunstiger lichtval, kwam er weer een wolk en doofde het oplichten van het papier. Ze moest, wat de schaduw betrof, rekening houden met de lage winterzon, die lange schaduwen maken zou. Dat gegeven zou de indeling van de tuin bepalen.
Hoe iets eruitziet, is afhankelijk van de lichtval en ook van de kant vanwaar je kijkt. Het leek een wet die gold voor alles in het leven.
En ze moest niet vergeten de koffie nog eens op te schenken.
Nelly's vlugge voetstappen kwamen achterom. Haar binnenkomst bracht een vlaag van koelte en de geur van mest mee.
'Ze zijn weer bezig!', was haar commentaar, terwijl ze haar jas uittrok. 'Ik heb geen hekel aan het dorp, maar die eeuwige stank!'
'Ga weg! Van mij mag je de deur open laten staan!'
'En wat doet die duif los? Dat moet je maar goed doen, dan wordt het hier binnen net zo'n mesttroep als buiten!'

'Last van een ochtendhumeur? Of van het bekende verkeerde been?', informeerde Ika droog.
'Sorry, ongesteld, anders niks...' Nelly's halve glimlach werd breder toen ze Ika aankeek. Ze maakte een beweging alsof ze iets van zich afschudde. 'Ik weet het, ik ben wat dat betreft precies als moeder, chagrijnig. Jij ook?'
Ika lachte terug, verbaasd omdat Nelly zo gemakkelijk sprak over de dingen die vroeger onbespreekbaar waren.
'Nee, hoofdpijn!', zei ze summier.
'Hoe is het gegaan? Heeft moeder nog een beetje geslapen? En jij?'
Ika vertelde dat er niets te vertellen was en schonk koffie in terwijl Nelly naar moeder liep. Tot in de keuken kwam het zachte geluid van moeders stem en dan weer het geluid van Nelly. Ika kon het niet verstaan, maar het klonk verwijtend, van beide kanten.
Toen Ika binnenkwam met de koffie, verzorgde Nelly de plekken op moeders rug. Ika wilde zeggen dat zij zoëven ook al..., maar Nelly's ogen en het kleine hoofdgebaar deden haar zwijgen. Ika begreep dat moeder Nelly duidelijk had gemaakt dat ze onmisbaar was en ook dat Nelly geen zin had om daar over te ruziën.
'Weet Ika al dat tante Klaar vanmiddag komt?', vroeg Nelly, terwijl ze voorzichtig de doorgelegen plekken behandelde.
Moeders gezicht werd lang. 'Ik heb geen zin in Klaar! Ze mag wegblijven met haar eeuwige verhalen over vroeger!'
Nelly antwoordde verontwaardigd dat dat niet eerlijk was; tante Klaar kwam trouw elke woensdagmiddag en dat zou moeder moeten waarderen.
Moeder schokschouderde. 'Ik moet sinds ik ziek ben alles maar waarderen, maar naar wat ik wil, wordt niet geluisterd!'
'Wil je koffie?', vroeg Ika er dwars doorheen. Ze kreeg een stugge ongeduldige knik en Nelly schudde haar hoofd erom.

*

Tante Klaar was vaders enige zuster. Ze was tien jaar jonger en ongetrouwd. Ze kende iedereen omdat ze als naaister bij Jan en Alleman over de vloer kwam en omdat ze van nieuwsgierigheid bol stond, wist ze altijd alles.

Als tante Klaar kwam naaien, een dag in het voorjaar voor nieuwe zomerjurken en een dag in het najaar voor de winterrokken, kookte moeder extra lekker, want tante Klaar hield van veel en lekker eten. In ruil daarvoor was moeder na een dag-tante-Klaar, volledig op de hoogte van alle roddels in het dorp en de naaste omgeving.
Ika en Nelly vonden het spannend als tante Klaar kwam, al hadden ze weinig inbreng in de keuze van het model of de stof. Moeder liet het over aan tante Klaar, die uit grote lappen, die vaak op elkaar leken, met vaardige hand voor- en achterpanden knipte. Links, want tante Klaar was linkshandig.
Het was die ene keer toen er een wintermantel voor Ika gemaakt moest worden, dat tante Klaar Ika kwam ophalen om in de stad samen de stof te gaan uitzoeken.
In de bus met tante Klaar die alle mensen aansprak en naar iedereen informeerde, schaamde Ika zich al. Ondanks de vreugde van het uitje, verlangde Ika dat ze maar vlug terug zouden kunnen. De harde stem van tante en het doordrammen over zaken die haar niet aangingen, bezorgden Ika een misselijk gevoel.
Ook in de stoffenwinkel kende men tante Klaar. Ze werd er tenminste op een stoel gezet en van koffie voorzien en dat deden ze niet bij alle klanten.
Tante Klaar vroeg naar een ruit en terwijl de juffrouw van de winkel met een stapel ruitstoffen in de gruwelijkste kleurencombinaties aankwam, had Ika haar mantelstof al gevonden. Groen, voor een jagersjas, en er moesten grote zakken op.
Tijdens het koffiedrinken vertelde tante Klaar, zodat de winkeljuffrouw ook weer op de hoogte was. Het halve dorp passeerde de ruitstoffen en al die tijd stond Ika te bedenken hoe ze tante zou kunnen overtuigen dat het deze groene worden moest.
'Wie is ze?', vroeg het meisje met een knik in Ika's richting.
'Dat heb ik je toch verteld!' De stem van tante Klaar daalde tot gefluister. 'Dat is ze nou, van m'n schoonzus, je weet wel, die domineesdochter. Mens, de storm is nou een beetje geluwd, maar d'r is wat over te doen geweest!'
Het meisje keek naar Ika en trok toen haar wenkbrauwen op tegen tante Klaar.

'Ik wil deze stof, tante Klaar!', zei Ika en ze duwde de stapel ruitstoffen opzij.
Tante Klaar legde haar hand op Ika's schouder, maar keek nog steeds naar de winkeljuffrouw. 'Het voorkind, dat door de dominee Ikabod genoemd is... Mijn broer was al jaren gek op die meid, en nooit heeft ze gezegd van wie het was... Ik heb het je toch verteld?'
De winkelbel ging en Ika ademde opgelucht. De juffrouw moest een klant gaan helpen.
'Tante Klaar, ik wil geen geruite jas; ik wil deze... U kunt toch ook wel een jagersjas maken?'
Tante Klaar, gauw ontroerd als ze was, had het zeker zielig gevonden. 'Arm schaap, dat is goed hoor; ik maak een jagersjas voor jou met echt leren knopen.'
Maar het was een jas met een geheim geweest, want Ika wist zeker dat 'voorkind' iets akeligs betekende, want tante Klaar fluisterde niet zo gauw. Die zei gewoon altijd alles hardop.

*

Het had nooit zo geboterd tussen moeder en tante Klaar, hoewel er geen onvertogen woord viel. Het was zoals meestal met moeder: de gevechten werden onderhuids gevoerd met blikken en bewegingen of – en dat was erger – met zwijgen en totaal negeren. Vanmiddag kwam tante Klaar! Ika bekende Nelly dat ze benieuwd was naar haar. Nelly verwachtte dat ze het ratelen wel gauw zat zou zijn; het was niet minder geworden, integendeel.
Weer in de achterkamer begon Ika aarzelend: 'Weet je dat ik van tante Klaar hoorde dat moeder niet getrouwd was toen ik kwam?'
'Hoe oud was je toen?'
'Twaalf; het was in de stoffenwinkel in de Breestraat!'
'Eerlijk? Tussen het publiek?', leefde Nelly mee.
''t Was tegen de winkeljuffrouw en ik stond erbij en keek ernaar!'
'Vreselijk! Ja, zo is ze nog altijd!'
Nelly haalde de stofzuiger en begon de kamer te zuigen, maar haar gedachten waren nog bij het gesprek waren.
'Had je het nooit eerder begrepen?'
'Nee, al vond ik het wel bijzonder dat ik ouder was dan het aantal

jaren dat vader en moeder getrouwd waren! Daar dacht ik niet verder over na in die tijd! Wist ik wat er bij kwam kijken eer je een kind kreeg?'
'Nee, jij was niet zo leergierig op dat gebied!', zei Nelly met een lach. 'Ik geloof dat ik het toen al wel wist. Jij was meer een sprookjeskind dan ik en bovendien was ik bevriend met Carien.'
Daar moesten ze allebei om proesten. Ja, Carien maakte altijd alles eerder mee dan een gewoon mens.
'Zie je haar nog wel eens?'
'Zelden, en dan alleen in supermarkt. Ze is gescheiden en heeft een zoon van zeventien. Ze heeft nog steeds een poppegezicht met donkere krullen! Ach, het kwam ook wel door haar moeder, dat ze zo voor lag op ons...'
'Min volk noemde moeder dat, weet je nog? Waar haalde ze het lef vandaan, terwijl ze immers zelf...'
'Stil Ika!', zei Nelly bestraffend.
Ze keken elkaar aan met dezelfde vraag in hun ogen.
'Weet jij wie het was?', vroeg Ika.
Nelly schudde nee. 'Daar is nooit over gesproken! '
'Zelfs tante Klaar wist het niet!'
'Ja zeg, als die het geweten had, had iedereen het geweten!'
Moeders stem kwam tussenbeide; Ika liep door de schuifdeuren naar haar toe.
'Blijven jullie de hele dag met elkaar praten en laten jullie mij maar alleen liggen?'
'We ruimen de boel op; dan is het netjes als tante Klaar straks komt!', zei Ika met een effen gezicht. Toen ze terugkwam in de achterkamer twinkelden Nelly's ogen; ze waren ineens samenzweerders.
'Misschien is het toch een verkrachting geweest!', zei Nelly.
Ika schudde haar hoofd; dan had het immers niet zo geheim hoeven te blijven. Dan had moeder erover kunnen spreken.
'Wil je het weten?'
'Ik ben ervoor gekomen. Als moeder er niet meer is, kan niemand het mij meer vertellen. Dit is mijn laatste kans.'
Er kwam teleurstelling in Nelly's ogen. En na een stilte vroeg ze:
'Hoe vind je Abe?'

Ika draaide zich om. 'Abe! Dat is... daar kan ik geen woorden voor vinden. Hij is prachtig! Is die ander ook zo?'
Ika zei het gretig en Nelly schoot in de lach.
'Die ander is een verhaal apart, daar kom je nog wel achter! Hij komt om twaalf uur hierheen, want het is woensdag...'
'En Abe?'
Nelly schudde haar hoofd: 'Nee, die is op woensdagmiddag meestal naar Willems vader. Dat boerengedoe trekt hem nou eenmaal!'
'Dan heeft-ie nog meer van mij... dan het tuinen!'
Ika keerde zich naar het tekenbord. De omtrek van de tuin stond er, maar haar idee, de omarming, moest nog worden opgezet. Paden van flagstones of van ijsselsteentjes? Gele ijsselsteentjes met mos ertussen zag Ika voor zich. En dan skimmia's, viburnum op stam en op de achtergrond langs de binnenmuur winterjasmijn. Nelly kwam achter haar staan. 'Wat moet het worden? Is dat voor je werk?'
'Een wintertuin bij een groot hotel. Voor ons een grote opdracht!'
'Een wintertuin!', herhaalde Nelly. 'Daar kan ik me moeilijk iets bij voorstellen, maar het klinkt mooi... Wintertuin..., het heeft iets van een sprookje!'
'Het wordt een sprookje!', beloofde Ika.
'Hoe kom je aan een idee? En wordt het altijd zoals je je voorneemt?'
'Dat hangt ervan af... Het ene project ligt je beter dan het andere. Maar hoe intensiever je je erin verdiept, hoe meer inzicht je krijgt. Ik moet in mijn verbeelding door die tuin gaan lopen, mooie dingen tegenkomen of fouten ontdekken, die ik verbeteren moet.'
'Het zou wat voor Abe zijn!'
'Als de tuin klaar is...', zei Ika, terwijl ze een lijn uitmat tot op de millimeter, '... als hij geworden is zoals ik wil, dan kan hij misschien wel eens komen kijken... Dan haal ik hem op of zo... als het mag...'
'Dus je komt niet alleen om vroeger!', zei Nelly zacht.
'Ik vind Abe erg leuk en Willem valt me ook honderd procent mee. En dat ik jou zie... is goed!'
Eindelijk draaide Ika haar ogen in Nelly's richting, alsof Nelly

haar een antwoord schuldig was. Maar Nelly zei niets; alleen kwamen er kleine rimpels rond haar ogen alsof ze bijna zou gaan lachen.
'Soms vraag je het één en krijg je het ander...', zei Ika met een schouderophalen.
Nelly bedwong de lach en zei: 'Maar jij weet niet wat ik vroeg!'

*

Tante Klaar gaf ook brei- en borduurles op school. 'Nuttige handwerken' heette dat eigenlijk.
Vanaf de derde klas mocht je een uur in de week naar het handwerklokaal aan het einde van de gang. Vooral het erheenlopen door de stille school, langs de klassen met over de schriften gebogen kinderen, gaf Ika altijd een bijzonder gevoel. Ze mochten niet praten op de gang, maar fluisteren deden ze toch. Het gaf zo'n gevoel van vrijheid, daar te lopen tijdens de lessen.
Tante Klaar was op school veel strenger dan thuis. Op school had ze altijd iets verbetens, alsof ze zich aldoor ergens voor schrap zette.
Ika vond het breien vreselijk. Haar handen werden er zo klam en zweterig van. Het katoenen washandje dat ze breien moesten, werd bij haar een stijf, vormloos geval, dat niet meer heen en weer geschoven kon worden op de verroeste pennen. De smoezelig witte draad kon ze op het laatst niet meer omgeslagen krijgen. Ze ging maar in de rij staan, op haar beurt wachten zoals dat hoorde. Tante Klaar, die op school 'juffrouw' heette, zou wel mopperen voor ze op haar vreemde, linkse manier een paar naalden voordeed en het stugge breiwerk weer losjes op de pennen had. Dat ze toch ook niet beter kon! En moeder kon breien als de beste!
Juist toen Ika aan de beurt was, kwam de bovenmeester de klas binnen. Dat gebeurde niet vaak en tante Klaar ging rechtop zitten. Ika hield het breiwerk achter haar rug.
De strenge ogen van de bovenmeester gingen over de klas; toen glimlachte hij en de kinderen ademden verlicht op.
'Juffrouw!', zei de bovenmeester en hij stak zijn dichte hand uit, 'wat heb ik hier in mijn hand, denkt u?!'

'Ik weet het niet!', zei tante Klaar zenuwachtig.
De meester deed zijn hand open en er lag een knoop in. Het was een knoop van zijn jasje. 'Ik bleef net haken aan de kast! Is er een van deze nijvere handwerksters in staat mijn jasje weer compleet te maken?'
Meteen schoten er een paar vingers omhoog. 'Juf, ikke! Ik kan het wel!'
De juf pakte haar naaldenkokertje en schudde er een naald uit en toen pakte ze een lange draad van de klos garen. Intussen gingen haar ogen over de rijen: wie zou het worden?
Ze deed de draad in de naald. Zou ze het zelf gaan doen?
De bovenmeester deed zijn jasje uit; er klonk gegiechel om zijn brede bretels. Toen keek tante Klaar naar haar, naar Ika. Haast onmerkbaar schudde deze even haar hoofd, alsof ze zeggen wilde: 'Ik niet hoor, tante Klaar!'
Maar tante knikte en vroeg: 'Ika, zou jij het kunnen?'
Ika stak haar broddelbreiwerk naar voren en haalde haar schouders op. Tante Klaar pakte het breiwerk aan en bleef knikken. Met een gloeiende kleur pakte Ika het jasje van de meester aan. Het voelde warm aan en rook erg naar sigaren.
Ze mocht op een grote stoel gaan zitten en de bovenmeester stond naast haar te wachten. En de hele klas keek hoe ze de knoop er zorgvuldig aanzette. Tante Klaar was toch erg aardig eigenlijk, al was ze op school altijd streng.
Nog steeds met een gloeigezicht liep Ika naar haar plaats toen de bovenmeester haar bedankt had. Want al kon ze dan niet breien, een knoop aannaaien kon ze goed; dat wist tante Klaar toevallig.

*

Tantes bril besloeg toen ze Ika herkende. Nelly had opengedaan en in de gang, terwijl ze haar jas uittrok, had tante Klaar al melding gemaakt van het feit dat de bakker ging scheiden.
Ika wachtte in de kamer; ze zag zichzelf weerspiegeld in het ruitje van de servieskast. 'Kind', zei tante en drukte Ika, hoewel die niet erg meewerkte, aan haar omvangrijke boezem. 'Kind, Ika, dat ik je nou thuis tref! Ik denk nog vaak aan je. Hoe gaat het toch met je?'

Ika kuste tante terug en was ineens blij dat ze Nelly's raad opgevolgd had en een cake gebakken had.
Tante liep door naar de voorkamer, nog vol van Ika.
Ze begroette moeder. 'Meid, wat zal je blij zijn, dat ze er is!'
Maar moeder zei: 'Dag, Klaar! Dat je nog komt met die harde wind!'
''t Valt mee, hoor, met het zonnetje erbij is het toch wel te doen. En ik ben lopend; op de fiets ben ik zo buiten adem! Wanneer is ze gekomen?'
'Gisteren...', zei moeder onwillig.
Tante Klaar bemerkte niets van onwilligheid; ze pakte moeders arm. 'Meid, en hoe weet ze dat je ziek bent? En hoe lang blijft ze?'
'Dat weet ik niet, Klaar, en je moet niet zo druk doen... Je bent op ziekenbezoek.' Ika sneed plakken van de nog warme cake. Voor tante maar een dikke.
'Zou ik het doen?', twijfelde tante Klaar met haar ogen op de dikke plak gericht.
'Toe maar!', zei Ika.
'Vooruit dan!', zei tante.
Het was een genot tante te zien eten. Nelly gaf Ika een knipoog. Zodra tante weer aan andere dingen kon denken, begon het verhoor: 'Nou moet je me toch eens vertellen, kind...'
Ika antwoordde met weinig woorden, maar tante Klaar hield vol. Over haar werk, over een eventuele vriend – 'Nou, dat zou toch kunnen?!' –, over haar huis, en of ze nog in de kerk kwam...
Zo nu en dan kwam moeder ertussen, aandacht vragend en later vroeg ze rechtstreeks voor wie Klaar nu eigenlijk kwam. Dat had weinig effect, want toen tante Klaar verder niets te weten kwam, bedacht ze dat Ika wel het een en ander zou willen weten over die en gene, die ze vast nog van vroeger kende.
Nelly kreeg gelijk: het amusement was er gauw af. Ika was blij toen tante opstond omdat moeder voor de tweede keer waarschuwde dat ze voor de drukte beter thuis kon zijn.
'Ze vroeg alles wat moeder weten wil!', zei Nelly toen ze na afloop de kopjes omwasten.
'Dat zal wel!', zei Ika.

14

Moeder had koorts. Ze lag gloeiwarm met vreemd glanzende ogen. Het bezorgde Ika en Nelly een schuldgevoel; hadden ze te weinig met moeder rekening gehouden?
Nelly belde naar huis omdat Dirk Willem maar beter niet komen kon; het zou te druk zijn voor moeder. Even hoorde Ika zijn ratelstemmetje door de telefoon praten. Het was een leuk gezicht Nelly als moeder te zien sussen en regelen.
Daarna leek er wel een deken van stilte over het huis te vallen.
Nelly twijfelde of ze dokter Spaan bellen zou. Ika bette moeders voorhoofd met een nat washandje.
'Ik blijf vannacht hier!', zei Nelly. Ika knikte.
Het eten bleef onaangeroerd in de pannen. Niemand had trek.
Willem kwam aan de achterdeur. Nelly ging erheen. Ika hoorde hun gedempte stemmen terwijl ze bij moeder bleef. Zelfs Willem bleek zachtjes te kunnen praten.
Ze keek naar moeders gesloten gezicht. Vlug en oppervlakkig ging haar adem; haar borst bewoog nauwelijks. Alleen op haar voorhoofd klopte een adertje, snel en driftig.
Ika streek het laken nog eens glad en pakte moeders hand om haar polsslag te voelen. Snel. Droog en rimpelig voelde moeders hand aan. Stil lag die in de hare.
'Moeder! Wil je nog wat drinken?'
Een flauwe beweging gaf aan dat moeder de vraag wel gehoord had, maar niet wilde.

Als een zucht gleed het woordje 'pijn' tussen haar droge lippen vandaan.
'Uw rug?', vroeg Ika, terwijl ze zich over moeder heen boog.
'Overal', zei de volgende zucht.
Moeders ogen schenen weg te zakken in hun kassen. Zo oud leek ze ineens, zo bijna dood.
'Je moet maar bellen!', zei Ika toen Nelly geruisloos binnenkwam.
Nelly knikte.
'Ze heeft pijn, mag ze een pijnstiller?'
'Dat helpt haar zo slecht meer, ze slikt ze al weken! Misschien heeft dokter Spaan iets beters!'
'Ik hoop het!', zei Ika met haar ogen op moeder.
Onder de gesloten oogleden bewogen moeders ogen snel en zo nu en dan schoot er een zenuwtrek langs haar mond.
'Temperatuur nog eens!', zei Nelly.
In hun blik was dezelfde angst, hetzelfde weten.

Dokter Spaan was er voor negenen.
Er ging een zucht van verlichting op toen ze zijn auto voor de deur zagen stoppen.
Nelly was al bij de deur voor hij uitgestapt was.
'Zo!', zei hij tegen de thermometer, voor hij hem afsloeg.
Moeder leek weinig besef te hebben van zijn komst. Even maar sloeg ze haar ogen op.
Dokter Spaan zakte neer op het bed, dat ervan kraakte. Hij keek haar aan en streek even met zijn hand over haar gezicht, alsof hij zeggen wilde dat moeder haar ogen maar weer sluiten moest. Het was een gebaar dat zowel Nelly als Ika een brok in hun keel bezorgde. Het was het gebaar van een vader. Dokter Spaan moest veel met moeder op hebben, besefte Ika, alsof dat nieuw voor haar was. Hij kwam overeind met krakende knieën en streek met zijn hand door zijn haar; om zijn mond lag een trek van verontschuldiging. Hij wenkte hen mee naar de achterkamer.
Daar zei hij: 'Het is niet best. Als die koorts volhoudt, redt ze het niet lang meer. Haar lichaam kan het niet meer aan. En jullie, kunnen jullie het nog langer aan?'

‘Wat moeten we verwachten, dokter?’ Nelly pakte Ika’s arm. Het schouderophalen zei genoeg. Weer vroeg hij: ‘En jullie?’
‘Wij waken samen vannacht’, zei Ika met een blik op Nelly.
‘En morgen?’ De blik achter de bril leek wel strenger te worden.
‘Ook’, zei Ika.
‘Het zal zwaar worden. Ze kan in de war raken, ze zal misschien uit bed willen. Ze zal boos worden op jullie...’
‘Ze wil hier blijven! Ze wil thuis sterven. Ik denk dat we dat moeten doen; het is het laatste wat we voor haar kunnen doen’, pleitte Nelly.
Er kwam een vleugje glimlach rond zijn mond. ‘Het mag wel, hoor; ik houd jullie niet tegen. Ik zeg alleen waar het op staat. Morgenochtend voor het spreekuur ben ik er weer. Sterkte!’
Nelly volgde hem in de gang, maar hij sloeg de deur al dicht voor Nelly er was.
Nelly vond Ika bij de schuifdeuren. Als je zo van een afstand naar moeder keek, leek ze wel gestorven. Het grauw van haar gezicht stak af tegen het witte laken.
Het doosje met tabletten die moeder moest innemen, knapte in Ika’s hand. Ze keek ernaar en daarna naar Nelly.
Die had tranen in haar ogen.
‘Het gaat gebeuren, Ika! Ik ben zo blij dat jij hier bent!’
‘Je hebt Willem toch en de jongens!’ Ika wist zelf niet waarom ze dat nu zei. Wilde ze toch afstand bewaren of buiten schot blijven?
Nelly liep naar de keuken en bette haar ogen. Ika hoorde maar net wat ze zei door het geluid van het stromende water heen: ‘Ik heb het nu over jou; begrijp dat dan toch!’
Ika draaide zich om en liep naar moeder. Ze streek het haar uit haar gezicht en trok het laken wat hoger.
Nelly kwam achter het bed staan. ‘Wij zijn er allebei, hoor, moeder! Wij zijn bij u!’
Ika draaide zich om naar Nelly en stak haar hand naar haar uit.
‘Weet je nog dat jij difterie had? Toen zaten moeder en ik hier bij jou...’
Nelly schudde haar hoofd. ‘Ik weet daar alleen nog van dat al mijn kleren te groot waren toen ik weer beter was; zoveel was ik afgevallen door de koorts.’

Nelly boog zich over moeder en voelde aan moeders hals.
'Heb jij gezien hoe hoog het was?'
Ika schudde haar hoofd en gaf de medicijnen aan Nelly, die meteen het doosje openmaakte.

*

Het was winter en het vroor. De ruiten in de voorkamer waren prachtig van de ijsbloemen, hoe hard moeder ook stookte in de achterkamer. De kachel in de voorkamer moest uitblijven: te veel warmte was niet goed voor Nelly.
Nelly had difterie. Het klonk net zo erg als het was. Ika had het woord zachtjes wel tien keer herhaald. Difterie. Er zat iets van gif in het woord en dokter Spaan zei dat het waar was. Het gif zat in Nelly's keel, daarom kon ze zo moeilijk slikken. En het zat ook achter haar ogen, want ze kon niet goed zien.
Moeder zat de hele dag bij het bed om Nelly's hand vast te houden. Steeds riep moeder Nelly's naam, alsof ze bang was dat Nelly zou weggaan.
'Moeder, ze heeft toch geen schoenen aan. Ze kan niet weg, want ze is in haar pon!', had Ika gezegd, maar moeder hoorde het niet.
Zelfs vader kwam steeds vroeg uit zijn werk voor Nelly. 'Hoe is 't?', vroeg hij als hij zijn laarzen voor de deur uitschopte.
'Nog ziek en ze kan nog steeds niet drinken!', zei Ika dan.
Er werd geen eten gekookt; daar had moeder geen tijd voor. De bakker bracht brood en vader smeerde de boterhammen op het aanrecht. Altijd met kaas.
En na het eten moest Ika naar bed, anders zou ze ook ziek worden. Ze mocht Nelly geen kus geven en moeder ook niet en vader gaf ze nooit een kus. Maar het naar bed gaan was heel raar. Er ging niemand mee en er kwam niemand kijken. Ze moest ook alleen de gang door en de trap op. Dat was zo eng met het donker achter haar rug. Het leek wel alsof Nelly er alleen maar was in hun gezin.
Op een keer, 's morgens heel vroeg, was Ika naar beneden gegaan. Het was nog donker buiten. Moeder lag met haar mond open te slapen in de stoel; ze zakte er bijna uit. Het schemerlampje brandde nog steeds.

Ika was op het bed gaan zitten en streek net als moeder over Nelly's gezicht. Ineens gingen Nelly's ogen open, maar ze keek niet echt.
'Ik ben er, hoor, Nelly!', zei Ika net als moeder, 'ik ben er nog!'
Nelly bewoog haar mond alsof ze twijfelde tussen lachen en huilen. Ika streelde haar hand; het werd zo warm achter haar ogen. Het was zo erg voor Nelly, die pijn en dat ze niet slikken kon! Ika vlocht haar vingers door die van Nelly; ze zou bidden, want dat moest als je in nood zat. Grootva zei het in de kerk. 'Bidt zonder ophouden! Bidt, en u zal gegeven worden; zoekt, en gij zult vinden!', riep hij dan met zijn gevouwen handen hoog boven zijn hoofd. En ook nog iets over op een deur kloppen, maar dat wist Ika niet meer precies.
'Bidden is misschien op de deur van God kloppen', bedacht ze en dat was een reden te meer om te bidden.
'Here, zegen deze spijze...' Het klonk maar arm, vond ze zelf.
'Here, zegen deze spijze; Here, zegen deze spijze; Here, zegen deze spijze; Here, dank voor deze spijze; Here, dank voor deze spijze!'
Spijze was pijn, een soort pijn als van Nelly; God moest dat weten. Ze moest op zijn deur kloppen. Steeds luider ging Ika praten. Ze klemde haar ogen, die steeds naar Nelly wilden kijken, stijf dicht, want je moest eerbiedig zijn voor de Here.
Ineens kraakte de stoel van moeder en een hand greep haar schouder, voor ze haar ogen open had.
'Kind toch, zo spotten bij je zieke zusje!'
Ika liet Nelly los en deinsde achteruit tot ze de ijsbloemen door haar nachtpon op haar rug voelde.
Maar Nelly zei voor het eerst in dagen weer een verstaanbaar woord. 'Dorst!'
Moeders hand beefde en ze knoeide op het laken. 'Drink maar, drink maar, drink maar, hoor, Nelly, drink maar!', zei moeder. Het klonk eigenlijk net als 'Here, zegen deze spijze'.
De kou op haar rug hielp tegen het warme achter haar ogen. Haar keel voelde raar.
Kon zij nu ook al niet meer slikken?
Ze bleef het proberen tot haar mond droog was en haar nekspie-

ren pijn deden. En toen ze het een poos vergeten was, bleek ze nog steeds te kunnen slikken. Misschien had ze toch niet zo erg gespot als moeder wel dacht.

*

De gordijnen waren dicht en het schijnsel van de lamp in de achterkamer door de glas-in-lood-deuren was het enige licht in de voorkamer. Het licht was donker genoeg om te praten over dingen die je niet hardop zeggen kon bij daglicht.

Nelly begon.

'Waarom kwam je niet met vaders begrafenis?'

Ika zweeg; ze haalde haar schouders op, maar Nelly keek de andere kant op.

'Moeder was erg teleurgesteld omdat je niet kwam.'

'Zei ze dat dan?'

'Nee, natuurlijk niet; ze beet nog liever haar tong af dan over jou te beginnen...'

'Nou dan!'

Nelly draait zich naar Ika. 'Had je zo'n hekel aan vader, dat je zelfs geen afscheid nemen wilde?'

'Over wat ik van hem vond, heb ik nooit gedacht. Ik dacht altijd na over wat hij van mij vond... Dat was niet best, Nelly! Ik kan me niet heugen dat ik ooit een lief woord of een goedkeurende blik van hem kreeg. Ik bestond niet voor hem, ik was minder dan de hond van de buren. Hij duldde me amper in huis.'

Nelly zuchtte en schoof haar stoel naar achteren zodat ze Ika beter kon zien.

'Waarom trouwde hij moeder dan, als hij jou niet kon uitstaan?'

'Ik wou dat ik het wist. Ik was anderhalf toen ze trouwden. Ik weet nog niet wat zich in die tijd afspeelde.'

Moeder bewoog onrustig haar hand over het laken.

Ika stond op en liep naar het bed. 'Wat is er, moeder? Wilt u wat drinken?'

Moeders ogen keken Ika aan, maar zagen haar niet en het rietje duwde ze ongeduldig weg.

Ika nam het natte washandje en legde het tegen moeders mond. Moeders ogen sloten zich en ze zoog met kleine rukjes het water

uit het washandje. Ika druppelde er meer water op en zachte, bemoedigende woorden welden uit haar op. 'Toe maar, zuig maar, moeder. Goed zo, doe nog maar wat, drinken maar!' Het was alsof Ika tegen een baby sprak.
Nelly, die door de zachte klank bewogen was, bedacht dat Ika nooit een baby had gekoesterd en het desondanks in zich had. Wat wisten ze eigenlijk van elkaar? Minder dan niets. Waar had ze de moed vandaan gehaald om Ika te schrijven dat ze komen moest? Waarom was Ika nu wel gekomen? Nelly stond op en liep naar de gang om even weg te zijn van die zachte stem en van het zuigende geluid dat moeder nog zwakker leek te maken.
Maar als een schaduw ging het leven van Ika mee de donkere, koele gang in. Nelly drukte haar hoofd in de mantel van moeder, die – wie wist nog hoe lang al – doelloos aan de kapstok hing, maar nog steeds moeders geur droeg.
'Wat doe je, Nelly?'
Ika deed het licht aan en de gang baadde in het felle schijnsel. Ze knipperden beiden en Ika's ogen stonden ongerust.
'Wat is er, huil je?'
Nelly schudde van nee en knikte van ja en huilde toen toch. Nelly sprak onverstaanbaar tussen het snikken door, over Willem en de jongens en dat ze het zo erg vond dat zij, Ika, alleen was.
'Nou!', zei Ika verbluft. En toen moesten ze allebei lachen.
'Dwaas!', zei Ika terwijl ze Nelly aan haar arm dichterbij trok, 'dwaas, die je bent! Waar bemoei jij je mee?!'
En toen kwam de omhelzing die er aldoor nog komen moest.
Ze waren even groot, Nelly was ronder en zachter en ze wisten niet meer wiens tranen ze proefden toen ze weer lachen moesten. Het was een onwezenlijk moment, even onwezenlijk als het feit dat moeder in de voorkamer lag, en sterven zou.
'Zussie!', zei Ika, voor ze de gangdeur opendeed.

15

De nacht duurde lang; ze verloren alle begrip van tijd. Tegen de ochtend, leek het dat ze een week lang naast het bed gezeten hadden, luisterend naar de onrustige ademhaling. Soms bleef het even stil; dan hielden ook zij hun adem in. Maar steeds hervond moeder het haperende, stokkende halen weer. Soms moest ze hoesten, maar het kwam nooit verder dan een rochelend begin. Ze had er de kracht niet voor.

Zo nu en dan sloeg moeder de ogen op en dan probeerde Nelly om moeder te bereiken door haar hand te pakken en te roepen, maar als ze wat terugzei, was het onverstaanbaar gemompel. Toch bleef dat waar ze het meest beangst voor waren uit: moeder bleef vrij kalm, de onrust was alleen innerlijk. Ze zagen het aan het heen en weer schieten van haar ogen achter de gesloten leden, aan het grijpen in het laken, aan het trekken van haar mond. Maar ze wilde niet opstaan, ze wilde niet de onmogelijke dingen, ze werd niet boos. Ze leek verder en verder weg te zakken in een diepte, wat ze soms ineens besefte en dan greep ze het laken of Nelly's hand als houvast. Haar ogen zagen ook als ze ze opsloeg niemand, ze dwaalden dan even doelloos de kamer rond. Maar als Ika Nelly afloste op de rand van het bed, binnen handbereik, was het net alsof ze dat merkte, want dan was het laken beter dan de hand.

Na vieren was de koorts gaan zakken; ze hadden het opgelucht geconstateerd. Nelly zette thee. Dat gaf tenminste het gevoel dat de ochtend in aantocht was. Buiten striemde de regen tegen het

raam. Herfst. Ika haalde een vest van boven: het gebrek aan slaap maakte haar koud.
'Vertel eens over de wintertuin?', vroeg Nelly na de thee.
Het was als een sprong terug in de tijd en toch was het nog geen vierentwintig uur geleden dat ze eraan werkte. Met haar ogen dicht begon Ika te vertellen.
'Het is een overdekte tuin, een soort serre, met glazen wanden en een glazen dak. De deur vanuit de lounge is er zo een die openzoeft als je ervoor staat. Je stapt dan naar buiten, terwijl je binnenblijft. Er is een pad langs de halfronde buitenkant van de tuin en er is een vijver in het midden. Aan de linkerkant komt een moerasgedeelte met als overgang naar de waterpartij een rolstenenplateau waar het water doorheen sijpelt naar de lager gelegen vijver. Daar staat ook het lage bamboebosje.'
'Ik dacht dat bamboe een tropische plant was!'
'Er is wel tropisch bamboe, maar er zijn ook soorten die genoegen nemen met een lagere temperatuur. In de wintertuin is de minimumtemperatuur toch altijd nog zo'n zeven graden, dus bevriezen zal er niets.'
'Zijn er ook bloemen?'
'Meer dan je denkt!'
'En hoe ziet een wintertuin in de zomer eruit?', wilde Nelly weten.
'Koel, met tere kleuren en veel groen, niets overdadigs.'
'Hoe houd je het koel met een glazen dak?'
'Er is een soort scherm dat aan de binnenkant langs het dak getrokken wordt als zonwering en de halfronde voorkant bestaat bijna helemaal uit schuifwanden die naast elkaar in rails passen. Trouwens, het redelijk uitgebreide watercircuit houdt de temperatuur ook laag.'
'Het klinkt mooi!'
Moeder lag met open ogen. Luisterde ze? Ika boog zich over haar heen. Moeders ogen stonden helder. De koorts leek wel weg. Ika legde haar hand in moeders hals; ze was niet warm.
'Echt iets voor jou', zei moeder met een vleug verwijt in haar stem. 'Een wintertuin... Je keek vroeger de margriet ook al de grond uit.'

'Dat was de doronicum, moeder!', zei Nelly op de achtergrond. Ika draaide zich verrast om. 'Dat je dat weet!'
'Abe!', zei Nelly.
'Komt Abe eraan?', vroeg moeder en ze gaf aan dat ze overeind wilde zitten in de kussens. Maar zodra Nelly haar wat hoger had getild, moest ze weer liggen. Haar ogen gingen dicht en de helderheid zakte weer weg. Haar gezicht kreeg een vreemde uitdrukking, de oogkassen waren zo blauwig en diep en haar mond leek in te vallen. Ze keken elkaar aan met dezelfde gedachte, zonder die uit te spreken.
Het was het gezicht van een dode, dit grauwe, deze ingevallen trekken en het spannen van de huid over haar kaken. Ze wisten het beiden; ze moesten maar niet te veel verwachten van het zakken van de koorts.
Het eerste licht deed het schemerlamplicht verbleken.
Het was donderdag, de eenendertigste oktober.

Voor zevenen kwam Willem langs. Nelly liep hem in de keuken tegemoet. Door de open deur zag Ika hun omhelzing.
'Kon je wel slapen?', vroeg Nelly met haar armen om Willems nek.
'Ik kon overdwars, lekker ruim!', pochte Willem, maar zijn handen, de ene in Nelly's nek, de andere laag in haar rug, spraken een andere taal. Ika keerde zich af, hoorde toch hun zoen.
Ze moest ineens aan het zuigen van moeder denken; dat had hetzelfde gevoel in haar opgeroepen. Het was intimiteit waaraan zij geen deel had. Het was iets waar zij buiten stond. Hoe zou het zijn om het lichaam van iemand net zo te vertrouwen als dat van jezelf? Hoe zou het voelen als een kind bij je dronk? Die twee dingen deden op dezelfde manier pijn. Een pijn diep binnenin, een soort schaamte die doortrok naar je armen, naar je mond, alsof je iemand vasthouden wilde, iemand kussen wilde.
Ika trok de schuifdeuren achter zich dicht en ging op het bed zitten. Lang zat ze met moeders pols in haar hand. Zwak voelde het kloppen.
'Moeder', zei Ika, 'moeder, waarom is er niemand voor mij...? Waarom kan ik niemand vinden, waarom ben ik bang, en hoe

moet ik leren hoe ik van iemand houden moet? Hoe kan het dat Nelly dat allemaal wel wist?'
Ze zei de woorden misschien niet hardop. Dat hoefde ook niet, er zou toch geen antwoord komen. Moeder was ver, al te ver om teruggeroepen te worden.
'Moeder, ik ben te laat, maar ik moet u nog dingen vragen. Ik moet het nog weten, moeder... U mag nog niet gaan, want ik heb u nog nodig!'
De brok in haar keel deed pijn en een traan spatte uiteen op moeders arm. Ika keek ernaar, hoe hij langzaam over het rimpelige-ruime vel naar de holte van moeders elleboog rolde, tot hij bleef liggen. In alle onschuld vergrootte de druppel een dunne, blauwe ader die als een strengetje in de binnenkant van moeders elleboog lag.
Het verdriet leek zich in Ika vast te bijten. 'Wat doe ik hier toch? Was het niet beter geweest als ik alleen maar naar de begrafenis...?'
Nelly kwam binnen, de geur van koffie om haar heen en twee dampende kopjes in haar hand.
'Waar is Willem?', vroeg Ika.
'Werken! Hij kwam alleen maar zeggen dat hij de was had aangezet en vragen of ik die zo op wil hangen. Ja, hij is reuze handig!' Nelly's stem klonk trots.
Ika probeerde of moeder nog drinken wilde via het washandje, maar moeder reageerde er niet op. Ook niet op het roepen van Nelly. Kon het zijn dat ze dieper en dieper ging slapen tot ze in coma raakte?

Nelly bleef tot dokter Spaan geweest was. Die kwam, zoals hij beloofd had, nog voor het spreekuur. Hij temperde meteen het optimisme over het feit dat de koorts weg was: 'Als ze vanmiddag om vijf uur nog zonder is, dan is voorzichtig optimisme toegestaan, eerder niet! Ik vind haar trouwens ver weg!'
Hij tikte tegen moeders wang en riep haar.
Even sloeg moeder haar ogen op en tuitte haar mond alsof ze zeggen wilde dat hij te veel lawaai maakte. Daar moesten ze om lachen: het was zo echt moeder.

'Dokter...', aarzelde Ika toen hij in de gang zijn leren jas aantrok, 'is er nog kans dat... Ik bedoel... ik moet nog met haar praten... ik moet haar nog wat vragen... Is er nog een mogelijkheid dat de helderheid terugkeert... of niet...? En hoe lang duurt nou dit stadium...?'
Nelly kwam er bijstaan: 'Ja, dokter, wat verwacht u nou precies?'
Dokter Spaan keek van Ika naar Nelly en terug. Hij beantwoordde alleen het laatste deel van Ika's vraag.
'Ik verwacht wel dat dit het einde wordt. Ze kan in coma raken, het kan ook bij zweven op de rand blijven... Maar het lichaam kan niet veel meer hebben en als ze niet meer drinkt... geen medicijnen meer gebruikt... Het proces gaat wel door.'
Hij zuchtte. 'Het blijft een rotziekte!', zei hij ineens, terwijl hij de voordeur openzwaaide. Een vlaag regen spetterde op de gangvloer. Hij zette zijn kraag op en banjerde door het grind naar de straat. Toen hij het hekje achter zich dichtklapte, draaide hij zich om en gaf alsnog antwoord op Ika's vraag. 'Verwacht maar niet te veel, ze heeft het al moeilijk genoeg!'
Heet schoten de tranen achter Ika's ogen, een kleingehouden verontwaardiging brak even los.
'Ja, maar ik dan...?' had ze willen zeggen, 'wanneer kom ik dan aan bod...?' Ze kwam niet verder dan de eerste twee woorden.
Dokter Spaan gaf het hekje een duw waardoor het trillend in de liguster belandde. Hij kwam opnieuw door het grind, drie, vier stappen. Ika had zijn gezicht nog nooit zo gezien. Deernis, bewogenheid en woede, het was er om strijd aanwezig. Hij stak zijn hand uit en trok Ika de regen in. Bang sloeg ze haar armen voor haar borst. Wat wilde hij?
Hij duwde haar weer terug en zijn stem klonk ongewoon zacht toen hij zei: 'Wie zijn leven lang in de regen heeft gestaan, wordt nooit meer droog... Jij misschien wel, jij bent nog jong!'
Hij duwde haar verder naar binnen en trok zelf de deur achter zich dicht.
Ika botste tegen Nelly aan, die haar opving met een kreet.
Het groenblauw van de gang was meer dan ooit een zee die zich boven je sloot.

*

'Vader, mogen we mee als u met de roeiboot gaat?', had Nelly gevraagd.
'Geen gezeur aan mijn hoofd als ik ga vissen!', had hij eerst gezegd, maar later mocht het toch, want moeder had zo'n hoofdpijn dat ze moest gaan liggen.
Nelly was vier en zij net negen. Het was in de tijd dat ze zich steeds voornam om lief te zijn, zodat iedereen haar aardig zou vinden. Bij meester Molenaar werkte dat, maar bij vader niet.
Het was een mooie dag om te vissen en ze waren stil, want anders mochten ze nooit meer mee. In de loop van de middag viel Nelly in slaap in de punt van de boot. Ze lag op vaders jas, Ika dekte haar toe met haar eigen vest. Vader ving niets en zei niets. Eigenlijk was Ika bang op het water, maar nu het zo vlak en glad was en zo stil, begon ze ervan te genieten.
In de lucht dreven een paar witte wolken, de rest was blauwer dan blauw. Echt de kleur van de hemel, vond Ika. Daarboven woonde God; dat zei grootva. Hoe dat kon, wist Ika niet, maar het blauw paste wel bij God en het wolkenwit bij de engelen.
Het water weerspiegelde de hemel; zo was het niet bedreigend; zo leek het ook een soort hemel waarin diep zilveren flitsen bewogen. Dat waren de vissen, die maar niet moesten bijten.
Ika liet haar hand door het water slepen, maar dat verbood vader omdat ze dan de vissen verjoeg.
Ze zuchtte eens diep, iets wat ze eigenlijk nooit kon op het water. Ze was altijd bang om te verdrinken; zelfs in de gang kon ze niet diep zuchten vanwege de groenblauwe kou die daar heerste. Maar deze dag, op dit gladde water, leek verdrinken ineens een soort slapen gaan, wegdrijven naar het niets.
'Vader, doet verdrinken pijn?'
De boot schommelde van de onverwachte beweging die vader maakte toen hij zich omdraaide.
'Je haalt je toch niets in je kop!', schoot hij uit.
Zijn ogen keken boos en bang tegelijk; zo keek hij anders nooit.
Nelly schrok wakker en keek verdwaasd om zich heen.
'Ga middenin zitten!', gebood vader. Zijn stem klonk alsof hij ineens boos geworden was. Er was toch niets gebeurd, ze had

toch niets gedaan? Nelly ging ook middenin zitten; ze wreef in haar ogen en trok een pruillip.
'U zou niet boos zijn als wij lief waren!', zei ze huilerig.
Vader draaide zich om en tuurde naar de hengel. Maar omdat de vissen niet bijten wilden, roeide hij al gauw terug.
Bij het uitstappen schoot Ika's voet van het trapje aan de steiger. Meteen voelde ze vaders hand in de kraag van haar vest grijpen. Hij trok haar hardhandig de steiger op alsof hij dacht dat ze het expres deed. En ze was heus niet gevallen, want ze hield zich toch vast!
Thuis liep moeder nog steeds met de witte doek strak om haar hoofd gebonden; dat betekende dat de hoofdpijn nog niet over was.
'Zijn ze lief geweest?', vroeg ze met haar hoofdpijnstem.
''k Heb geen klagen', zei vader, 'alleen gaat die oudste nooit meer mee. Die lijkt me te veel op jou!'
Ika had van het ene naar het andere gezicht gekeken met in haar hart het gevoel dat het lief-zijn weer niet gelukt was. En wat was er nou fout gegaan...?

*

Nelly was weg en moeder was wakker. Ze had weer wat gedronken en Ika had het bovenlaken verschoond. De rest kwam straks wel, als Nelly terug was. Ika moest de neiging bedwingen om steeds naar de klok te kijken. Ze had een opgejaagd gevoel, alsof ze tijd tekort kwam. Dat was vast ook zo. Hoeveel tijd zou Nelly nodig hebben om de was op te hangen, te stofzuigen en boodschappen te doen?
Met de moed der wanhoop ging ze op het bed zitten en pakte moeders hand.
'Moeder!' Moeder keek terug, maar er was zo weinig herkenning in haar blik.
'Moeder, ik zou zo graag weten wie mijn vader was.'
Het was gezegd en in de stilte die volgde, kon Ika haar eigen hart horen bonzen.
Moeder had de vraag gehoord, Ika zag haar blik veranderen. Er kwam afweer in en het opeenklemmen van haar lippen gaf aan

dat ze, als ze het al kon, niet wilde praten. Toen sloot ze haar ogen en draaide haar hoofd af.
Er schoot een wilde, wanhopige drift in Ika omhoog. Haar handen omknelden ineens moeders schouders.
'Zeg het dan, moeder; laat me niet alleen... Ik moet het toch weten? Wie was het... en waarom kon u niet van mij houden?'
Ze schudde de magere schouders, die geen enkele weerstand boden. Het was alsof ze een lappenpop door elkaar rammelde. Het rood achter haar ogen, dat schrijnend en warm aanvoelde, bevroor tot stekend wit. Moeder moest haar ogen open doen, ze moest haar aankijken. Moeder moest tenminste erkennen dat ze er was! Ika schreeuwde, haar stem leek uit haar borst weg te scheuren, precies op de plaats achter haar ribben waar ze de pijn van het scheurende cellofaan gevoeld had.
'Waarom..., waarom, moeder? Wat kon ik er aan doen, dat ik er niet zijn mocht...? Had me dan meteen maar vermoord. Had me dan niet laten komen als ik toch geen leven hebben mocht.'
De pijn in haar borst werd ondraaglijk en het benam haar de adem. Ze trok moeder overeind om haar te dwingen tot oogcontact.
'Zeg het, zeg het eindelijk dan eens! Er is al te veel misgegaan, doe me dit niet aan. Ga niet dood voor ik weet waarom ik altijd de verschoppeling was. Ik heb altijd gebedeld om als Nelly te mogen zijn. Waarom kon u niet van mij houden?'
De woorden kwamen moeilijk uit haar keel gewrongen en ze leek geen controle meer over haar handen te hebben. Het lichaam van moeder zwaaide heen en weer. Als ze haar los zou laten, zou ze zeker vallen. Moeder kreunde en haar ogen gingen open, groot en weerloos. Ika herkende die blik: zo keek moeder naar grootva op zondagmorgen uit de kerk. Het was de blik van een ter verantwoording geroepene, de blik van een gevonniste.
Door het beven van moeders mond liet Ika los. Het lichaam plofte uit haar handen achterover in de kussens. Moeders hoofd raakte nog net de opstaande rand aan het hoofdeinde. Er vloog een radeloze pijntrek over haar gezicht. Haar handen maakten de beweging naar haar hoofd, maar stopten halverwege het gebaar. Ze vielen als dode vogels op haar borst.

Moeders ogen wijdopen in die van Ika. Alsof er een luik opgetrokken werd boven diep water. Poelen van grondeloosheid, verstikkende leegte, eenzaamheid, wroeging.
Zoals Ika zich de hel voorstelde...

16

Ika sprong op, week terug tot aan de schuifdeuren. Ze trilde over haar hele lichaam.
'Wat ben ik aan het doen?', zei ze met haar hoofd tegen de glas-in-lood-ruitjes. 'Wat ben ik in vredesnaam aan het doen?'
Ze dacht aan de kus die zo moeilijk geweest was en toch zo goed. Had ze dat alles nu zelf weer tenietgedaan?
Ze was toch die drempel over geweest, dat besef dat het bij haar moest beginnen? En dat het groter was als zij moeder vergeven kon dan wanneer moeder schuld zou bekennen? Was ze dan toch gekomen om een schuldbekentenis, om rehabilitatie? Was dat nieuwe aan haar voorbijgegaan? Zou God haar een kans gegeven hebben en had zij die niet gegrepen?
Van het bed klonk moeders stem. Ze riep om Nelly.
Ika liep de achterkamer in en zocht de Bijbel. Ze moest dringend het hoofdstuk van Jesaja lezen. De Bijbel stond niet op zijn plaats en ze herinnerde zich dat ze hem mee naar boven genomen had die eerste avond dat ze hier was.
De gang omvatte haar als kil water. Ze vloog de trap op als vroeger, struikelend en bang. Moeders stem drong zelfs tot hier door; ze riep weer om Nelly.
De trap leek wel driemaal zoveel treden te hebben, het duurde zo lang voor ze boven was. Ze stootte haar arm gevoelig tegen de deurpost, zo haastig liep ze het kamertje binnen. De Bijbel lag er. Nog voor ze zich op het bed liet vallen, bladerde ze al. Jesaja 43. Het stond er nog. O God, gelukkig, het stond er nog. Niet aan

vroeger denken, God maakt iets nieuws: wegen in de woestijn en rivieren in de wildernis. Nu.
Ze moest naar beneden, naar moeder. Ze stond op en rechtte haar rug. Ze zou het aan moeder voorlezen. Ze zou niets meer vragen. Alleen nog maar zeggen. Woorden waar moeder iets aan had. Troost, want moeder mocht niet verdrinken in haar eigen poel. Ze moest weten dat er staat: 'Wanneer gij door het water trekt, ben Ik met u, gaat gij door rivieren, zij zullen u niet wegspoelen.'
In een paar sprongen was Ika beneden. Toen ze de knop van de kamerdeur in haar handen had, ging de bel. Besluiteloos bleef ze staan. Wie kon dat zijn? Ze had geen tijd nu voor iets of iemand anders.
Weer ging de bel. Ika liep naar de deur en zonder haar open te doen, riep ze: 'Als het dringend is, kom dan maar achterom!'
Zonder op reactie te wachten, was ze de gang door, de voorkamer in. Moeder lag nog steeds met open ogen, maar zo roerloos en afwezig, dat Ika een moment bang was dat ze niet meer leefde.
Ze voelde met haar hand in moeders hals het kloppen van haar hart. Voorzichtig schudde Ika wat aan de kussens en verlegde moeders hoofd iets. Ze streek het haar uit moeders gezicht en streek het laken glad. Al die kleine gebaren waren beloftes, ze zou moeder lezen van een nieuw begin, van wegen door de wildernis en van God die meetrekt door het water.
Het was niet moeilijk meer om moeder te kussen en te strelen. Het was ook niet moeilijk om lieve namen te zeggen: moedertje, mamma, lieverd, lieve moe...
Er kwamen tranen bij moeder en Ika depte ze weg met het washandje en legde haar hand over moeders mond toen moeder tot twee keer toe begon met iets te zeggen maar geen geluid voortbracht.
'Stil maar, moeder, ik zal het voor u lezen... Luister maar, zeg maar niets, luister maar...'
Van ver kwam het geluid van voetstappen langs het raam en later het openen van de keukendeur. Het stoorde niet, het maakte niet uit. Haperend klonk Ika's stem, woord voor woord proevend op troost en belofte. Steeds vlogen haar ogen naar moeders gezicht, om te zien of het aankwam, of moeder erbij was.

Na de eerste zinnen meende Ika dat moeder iets zei. Ze stopte. 'Nog eens!' Als een zucht kwamen de woorden over moeders lippen.
Weer begon ze: 'Maar nu, zo zegt de Here, uw Schepper, o Jakob en uw Formeerder, o Israël: Vrees niet, want Ik heb u bij uw naam geroepen, gij zijt Mijn. Wanneer gij door het water trekt, ben Ik met u...'
Ze pakte moeders hand die doelloos over het laken bewoog. Het was alsof ze via haar eigen lichaam de vloeibare troost van de woorden wilde doorstromen.
'Omdat gij kostbaar zijt in Mijn ogen en hooggeschat en Ik u liefheb... geef ik mensen voor u in de plaats, natiën in ruil voor uw leven. Vrees niet, want Ik ben met u: Ik doe uw nakroost van het Oosten komen...'
Door de achterkamer kwam een zwaar persoon: de ruitjes van de schuifdeuren rinkelden dat het een lieve lust was.
Een fors gebaar schoof ze verder open. De bezorgde bruine ogen van Simone bloeiden een glimlach open op Ika's gezicht.
De stoel in de hoek van de kamer protesteerde toen Simone erin zakte.
Ze zei niets, maakte een gebaar van verdergaan.
Ika boog zich over de Bijbel.

*

De stem kon zowel van een man als van een vrouw zijn, had Ika gedacht toen ze de hoorn teruglegde op de haak.
Bergers Groenarrangementen, een sollicitatiegesprek.
De middag daarop werd ze binnengelaten in het kleine kantoor; gloednieuw, het rook nog naar de verf.
Er was een kleine ontvangstruimte die het visitekaartje moest zijn: fris groene bladplanten van de meest uiteenlopende soorten stonden kunstig opgesteld rond een kleine volière waarin Ika nog geen vogels ontdekken kon. Er stond wel een prachtige, lage drinkbak voor vogels, waarin vaardige kunstenaarshanden het reliëf van een strand met schelpen hadden gevormd. Het herinnerde Ika aan de duif thuis, die zo van water en zeilen hield.
Een van de drie deuren ging open en werd met een klap achter de

rug van een verbolgen jongeman dichtgeslagen. Verschrikt keek Ika hoe hij langs haar beende met grote stappen en op zijn voorhoofd wees. Bij de uitgang draaide hij zich nog even om naar Ika. 'Manwijf! Vetklodder! Wat moet zo'n mens in deze branche?!'

Eerst toen besefte Ika dat hij het niet over haar had, maar dat hij de bazin van Bergers Groen bedoelde. Zijn sollicitatie was zeker niet mee gevallen.

Ika bleef naar de deur staren die nu toch open moest gaan voor haar. Een metalige klap kwam vanachter de gesloten deur. Dat was de eerste keer dat ze Simone tegen het archief hoorde schoppen, maar dat wist ze toen nog niet.

De deur ging open en Ika deed een paar stappen naar voren. Groot en fors, ja, zoiets had ze zich wel voorgesteld.

De vrouw schudde haar krachtig de hand en bekeek haar met doordringende bruine ogen. 'Bezwaar om onder een vrouw te werken?'

Ika schudde van nee; waarom zou ze?

Ze liep achter Ika langs om de deur te sluiten. Het abrupte boze van haar bewegingen veroorzaakte een kleine orkaan in de kamer, die de papieren van het bureau deed opwaaien en op de grond belanden. Ika hurkte om ze bijeen te schuiven.

'En onder een manwijf?', vroeg de boze stem boven haar hoofd.

Een diepe blos kroop vanuit Ika's nek omhoog, alsof ze betrapt was op afluisteren.

De volgende beweging woei opnieuw alle papieren uiteen. De forse vrouw haalde uit en het archief gaf haar boosheid weer. Het geluid van daarstraks, begreep Ika.

'Je kon wel je tenen breken!' Het was eruit voor Ika het tegen kon houden. Verschrikt sloeg ze haar hand voor haar mond.

'Dan nam ik een kunstpoot! Al was ik meer gediend met een kunstlijf en een kunstkop!'

Ze hinkte naar haar stoel.

Ika legde de papieren op het bureau en keek onzeker en toch geamuseerd in de prachtige bruine ogen.

'Noem mij maar Simone..., naar Simon luister ik niet...' En toen schoten ze allebei in de lach.

De volgende vraag was even onverwacht als eenvoudig. 'Wat voor vogels komen er in de volière?'
Het kostte geen twee seconden. 'Tortels!', zei Ika.
Zo was het begin van hun vriendschap.

*

En nu zat ze achter Ika in het bruine pluche stoeltje; de armleuningen verdwenen in haar massa. Ika keek nog eens om voor ze verder las. Simone gaf haar een blik van er-niet-te-zijn en een warm gevoel dat raakte aan huilen doortrok Ika's borst. Ze las opnieuw:
'Maar nu, zo zegt de Here, uw Schepper, o Jakob en uw Formeerder, o Israël: Vrees niet, want Ik heb u bij uw naam geroepen, gij zijt Mijn. Wanneer gij door het water trekt, ben Ik met u...'
'Omdat gij kostbaar zijt in Mijn ogen en hooggeschat en Ik u liefheb... geef ik mensen voor u in de plaats, natiën in ruil voor uw leven. Vrees niet, want Ik ben met u...'
Ika legde de Bijbel weg; ze keek naar moeder. Moeders gezicht was rustig geworden. Ze had de komst van Simone amper gemerkt. Haar adem ging rustig, als sliep ze. Ze lag zo stil, zo vol overgave, zo op de rand tussen zijn en niet-zijn, dat er geen ruimte meer was voor gedachten.
De stille, langzame adem was het enige dat het lichaam nog kon; alles was daarop geconcentreerd, alles wachtte op de volgende teug, als die er zijn zou...
Toen draaide Ika haar stoel een kwartslag om in de richting van Simone. En terwijl de eerste traan op haar arm uiteenspatte, zei ze: 'Ik heb vreselijke dingen gedaan, Simone... Ik heb haar pijn gedaan, door elkaar gerammeld...'
Ineens zat ze met haar hoofd in Simones schoot en liet alle tranen van deze dagen gaan. Ze dacht dat haar hoofd zou barsten als ze nog langer die stroom moest tegenhouden.
Simone legde haar hand op de schokkende rug en streelde onbeholpen, maar innig.
Ika rook de geur die Simone bij zich droeg als ze in spanning zat, zeep en zweet. Simone was hier.

'Hoe kwam je op het idee?', vroeg Ika, toen ze later in de achterkamer aan tafel zaten. Simone haalde haar schouders op.
Het was vreemd hoe goed Simone hier paste. Het was alsof ze dagelijks hier met haar ellebogen het tafelkleed plette. Haar boezem rustte op de tafel en ze keek tussen de geraniums door de tuin in, had in een mum van tijd alle planten benoemd.
'Ik wilde naar die bonsai-tentoonstelling, je weet wel, waar we die kaarten voor kregen. Ik was nogal vroeg en ik zag opeens de afslag naar hier. Voor het plan in me opkwam, had ik de straat al gevonden! Ik moest maar even zien hoe het was, dacht ik!'
Zo eenvoudig was het, Simone moest even zien hoe het was.
Ika stond op en liep naar moeder. Ze lag bewegingloos, op het ademen na, dat heel licht en oppervlakkig het laken op en neer liet gaan. Ika streek over haar wang, die droog en warm aanvoelde. Even schoten moeders ogen open als in schrik, maar meteen vielen ze weer dicht. Een kus geven ging vanzelf, merkte Ika.
Het afscheid was begonnen, ze voelde het. 'Moeder, ik ben er, hoor, ik blijf...'
In de achterkamer had Simone de tekening van de wintertuin gevonden. Ze maakte goedkeurende geluiden en krabbelde in haar nek. Ika glimlachte om het bekende gebaar. Ze kwam naast haar staan en wees en vertelde erbij wat nog niet te zien was.
Simone knikte en vulde aan. Ze leunde zo zwaar op de tafel dat die zo nu en dan slechts op twee poten stond.
Ika maakte koffie voor Simone.
Nelly kwam binnen toen Simone afscheid nam. Het was raar, dat afscheid. Zeker voor Simone, die intimiteit uit de weg ging.
'Ik was zo blij dat ik je zag!', moest Ika nog zeggen.
Simone klopte op Ika's rug op een voor haar bescheiden, maar altijd nogal stevige manier. Ika verslikte zich ervan, zodat Simone reden had om door te kloppen. Ineens was er een soort omhelzing, twee seconden maar voelde Ika de zware armen van Simone om haar rug.
'Nou, dan ga ik weer! En laat je niet kisten. O sorry, dat was niet zo'n goede opmerking!' Verschrikt liet Simone los.
Nelly stond in de deuropening, met druppeltjes op haar bovenlip van het haasten. Verbaasd keek ze van Ika naar Simone. Ika

stelde hen aan elkaar voor en liep daarna met Simone mee naar de auto.
'Doe maar niet te veel van die bonsai', zei ze nog door het portierraam, 'ik houd niet van dingen die mooi moeten worden van knippen, snoeien en kleinhouden!'
'Je moet niet alles op jezelf betrekken!', gaf Simone terug, terwijl ze startte.
Nelly laadde de boodschappen uit de tas op het aanrecht.
'Wat een dikkerd!', zei ze over Simone. Het klonk niet minachtend maar constaterend en toch vond Ika het een akelige opmerking.
'Ze is het beste wat ik heb', zei ze tegen Nelly's rug.
'Ik heb me rot gehaast, ik moest ook nog naar het postkantoor en daar stond me een rij...', pufte Nelly.
'Ik heb koffie. Neem eerst maar, dan ruim ik dit wel op', zei Ika met een gevoel alsof ze Nelly tekortgedaan had. Maar het was toch zo, dat Simone het beste was dat ze had?
Later stonden ze bij moeders bed, twijfelend wat ze zouden doen. Zo nu en dan gingen moeders ogen open, zochten en sloten zich weer. Het duurde nog lang eer het middag was en dokter Spaan kwam.
'Eigenlijk moet ze gewassen worden; ik heb vanmorgen alleen haar gezicht gedaan en het bovenlaken verschoond.'
Nelly knikte en sloeg het laken terug. Er was een vochtkring op het onderlaken en er drong een zoetige geur in hun neus.
'Ze heeft geplast!', zei Nelly verschrikt. 'Nu moet ze wel gewassen worden. Eerst dacht ik: misschien kunnen we beter op de wijkverpleegster wachten, die komt morgen, maar nu... Ze zal zich zo vies voelen...'
Ika haalde haar schouders op. Het was naar om in een nat bed te liggen, het was ook iets dat helemaal niet paste bij moeder. Maar aan de andere kant voelde ze dat moeder niet gestoord mocht worden. Het leek ineens een soort heiligschennis om dit stervende lichaam op te schrikken met water en zeep. Ze moest maar met rust gelaten worden, moeder, deze ogenblikken.
Ika sloeg haar arm om Nelly's schouder, alsof ze haar bij voorbaat beschermen wilde voor wat ze ging zeggen.

'Wacht maar, Nelly, we wassen haar wel als het achter de rug is. Dat is beter, geloof ik. We... mogen haar nu niet...'
Ika voelde de spanning in Nelly's rug schieten.
'Denk je... dat dit het laatste is?', aarzelde Nelly, terwijl haar ogen vol schoten.
Ika knikte. Nelly schudde eerst nee, maar een lange blik op moeders gezicht deed haar toch met Ika mee knikken. De spanning week uit haar schouders en woordeloos verborg ze haar hoofd in Ika's hals. Alsof ze steun zocht nu de droefenis bezit van haar nam. Zo kon ze vroeger ook bij Ika haar verdriet om een terechte of onverdiende straf uit komen huilen, precies zo... Heel haar lichaam had dan iets van aanvaarden over zich; het was nog duidelijker dan hardop zeggen: 'Het is niet anders'.
Na een bevende zucht tilde ze haar hoofd van Ika's schouders en zei met ogen vol verdriet: 'Als ik nu wist dat ze gelukkig geweest was, dan was het minder moeilijk... Heb jij nu al met haar kunnen praten... Heeft ze al iets verteld? O Ika, straks weet je het nooit!'
Ika maakte een hulpeloze beweging met haar schouders: 'Ik heb wel met haar gepraat, daarstraks toen jij weg was... voor Simone kwam...'
Terwijl ze het zei, kroop er een rode blos naar haar gezicht.
'Nee', zei ze tegen Nelly's vragende ogen, 'ze heeft niets gezegd. Ik heb... ik was eerst erg boos en bang en toen heb ik erg lelijk tegen haar gedaan... Maar daarna... moest ik opeens denken aan een stukje uit Jesaja, dat mij erg geholpen heeft... Dat heb ik haar toen maar voorgelezen.'
Het klonk veel kleiner dan het geweest was; daarom zei ze er nog bij: 'Ik zal het voor je opzoeken... straks...'
Nelly knikte en herhaalde het laatste woord. 'Straks!'
Ze wisten beiden dat het betekende: als moeder gestorven zal zijn.
'Ik vind het zo akelig dat ze in een nat bed ligt. We kunnen toch wel het natte laken weghalen en haar verschonen?'
Ika knikte, liep naar de kast en pakte een schoon laken. Voorzichtig tilde Nelly moeder op, terwijl Ika het laken onder haar door schoof. Ze luisterde hoe Nelly zachte, sussende woorden zei.

Ineens sloeg moeder de ogen op en keek Nelly aan. 'Ik voel me niet goed, Nelly!', zei ze helder. Daarna zonk ze weer weg en reageerde niet op hun stemmen.
Ze besloten dokter Spaan maar te bellen; nu het eropaan kwam, voelden ze zich allebei even bang en onzeker.
Hij was er snel en schudde zijn hoofd toen hij moeder zag.
'Wil je nog dat de kinderen afscheid nemen? En heb je je man al geroepen?', vroeg hij aan Nelly.
Nelly bracht haar hand naar haar keel, niet bij machte antwoord te geven.
Ika nam het over en zei de woorden die ze eigenlijk niet wilde zeggen: 'Dus dit is het laatste?'
Dokter Spaan knikte. Hij richtte zich tot moeder en tikte even op haar hand. 'Ja, de vechtlust is weg... Het lichaam wil niet meer.'
Hij sloeg de dekens terug en bekeek en betastte het lichaam.
Toen hij zijn rug rechtte, zei hij: 'Er vormt zich nu veel vocht bij de longen. Ze zal benauwd worden en als het ware verdrinken in het vocht dat zich ophoopt. Willen jullie nog steeds dat ze thuis blijft?' En met een kleine aarzeling: 'Ze zal weinig merken van het ziekenhuis, als ze jullie gezichten maar kan zien als ze een helder moment krijgt.'
Ze hoefden elkaar maar aan te kijken om te weten dat ze geen van beiden wilden dat moeder alsnog naar het ziekenhuis ging.
'Ze sterft thuis.'
Dokter Spaan knikte en gaf hun een hand. Het leek wel een overeenkomst, dacht Ika, alsof we nu en hier besluiten dat moeder dood gaat. Met zware benen liep ze achter de dokter en Nelly aan naar de achterkamer, waar de dokter nog wat instructies gaf voor als moeder benauwd worden zou. Ika zag hoe Nelly aandachtig luisterde, haar hoofd een beetje scheef.
Nee, toch geen besluit over moeders dood, dacht ze, maar een accepteren van...

17

In de loop van de middag kwam Willem met de jongens. Schuchter kwam het stel door de keuken. Willem veegde zijn voorhoofd af, hij had zich zeker erg moeten haasten.
De jongste, Dirk Willem, leek sprekend op Nelly. Het schokte Ika, ze kon haar ogen niet van hem afhouden. Het was zo precies Nelly in de tijd dat ze voor het eerst naar school ging en dat Ika haar moest beschermen, dat ze automatisch naar Dirk Willem toe ook beschermingsdrang voelde.
Dirk Willem hing tegen Nelly aan, onwennig en bleu van de drukkende sfeer. Nelly streelde door zijn meisjesachtige, blonde krullen. Het was net een bazuinengeltje met zijn grote, blauwe ogen en zijn onschuldige uitdrukking.
'Laat hem maar schuiven, de duvel!', had Nelly over hem gezegd, herinnerde Ika zich. Maar zoals hij nu keek, kon Ika zich hem niet voorstellen als kwajongen.
Abe wel, hoewel die zich nu ook erg bedeesd gedroeg. Bij Abe zat veel meer pit en vuur in zijn ogen. Hij had vast net gedouched, tussen zijn stekeltjes glinsterden kleine druppels.
Zonder Willem was Nelly veel zelfstandiger, merkte Ika. Maar dat zou Willems krachtige uitstraling wel oproepen.
Met zachte stem vertelde Nelly wat de dokter gezegd had en hoe het deze dag hollend achteruitging met moeder.
'Gaat ze dood? Ik bedoel... vandaag nog?', stotterde Abe.
Willem legde zijn hand op de smalle jongensschouder.

'Ja, misschien wel. Je weet dat ze steeds zieker wordt en op een gegeven moment gaat het niet langer... Dan houdt het op.'
'Wordt ze nooit meer levend?', vroeg het bazuinengeltje met zijn duim in de mond. Nelly tilde hem op schoot, maar hij worstelde er meteen weer af. 'Ik ben al groot, dat weet je toch!' Hij zoog de druppel speeksel op, die langs zijn pols naar beneden liep en veegde daarna zijn duim droog aan zijn shirt.
Abe gaf het antwoord waar Dirk Willem op wachtte: 'Ze wordt nooit meer levend. Ze gaat naar de hemel of naar de hel...'
Ineens draaide hij zich naar Ika: 'Tante Ika, gelooft u dat God mensen naar de hel laat gaan? Bij zo'n God zou ik nooit in de hemel willen wonen. 'k Moet trouwens nog zien dat de hemel bestaat. De ruimtevaart heeft nog nooit...'
Willem trok aan Abes arm. 'Hé, Abe, een andere keer over de ruimtevaart maar... We zijn hier nu voor oma...' Hij maakte met zijn hoofd een beweging naar de schuifdeuren.
De mond van Abe klapte dicht, hij boog zijn hoofd.
'Kom maar!', zei Willem en schoof de schuifdeuren verder open. Dirk Willem wilde nu toch wel gedragen worden en ook Nelly kroop weg bij de kracht van Willem. Abe volgde schoorvoetend en Ika legde heel licht haar hand op zijn schouder.
Hij keek naar haar op, zijn ogen ineens donker: 'Vond u oma een goed mens?'
Duizendvoudig weerkaatste de vraag in Ika's hoofd. De kamer draaide, maar Abes ogen bleven haar aanzien.
'Vond u oma een goed mens?', had hij gevraagd en daarmee had hij zijn criterium verlegd van God naar moeder.
De scheurende pijn begon weer achter haar ribben; ze duwde haar vuist tegen haar borstbeen om de pijn te bedwingen. Ze slikte en de hand die zo licht Abes schouder beroerd had, ondervond nu ineens steun van die smalle, bottige brug die schuin afliep van zijn nek naar zijn arm.
'Denkt u dat God van oma houdt?', was de volgende vraag. Heel donker waren zijn ogen nu, angstig zelfs.
Ze knikte, omdat ze niet spreken kon. Ja, God zou toch van moeder houden. Hij wist immers van de vrieskou die ze ingeademd en uitgeademd had, haar leven lang.

Hij wist van de wintertuin in moeders hart, van de onontgonnen grond op de bodem van moeders ziel. Van het zonloze leven.
Ineens was het alsof Ika liep door haar eigen wintertuin. Het was er koel, maar niet onaangenaam koel. Om haar hoofd woei een zacht briesje, een lentewind die de grassen bewoog en tot leven wekte. De fontein sproeide de druppels wijd en het bamboebosje ritselde.
Er moest wind komen in de wintertuin; wind is geest, een teken van leven.
Moeder deed haar ogen open. Verwonderd en helder. Had de wind ook haar aangeraakt?
Abes schouder schokte in een schrikbeweging. Ineens deed hij een stap vooruit, knielde en pakte moeders hand.
'Ik ben het, oma, ken je me nog?'
Het was of er even een glimlach wilde komen, maar de oogleden zakten weer toe.
'Oma, ken je me nog?', echode Dirk Willem.
Willem kwam achter de jongens staan en zei: 'Geef oma maar een zoen en zeg maar dag; misschien hoort ze het niet, maar dan voelt ze het wel.'
'Oma', begon Abe nogmaals, 'we zijn er allemaal hoor!'
Zijn kinderblik vloog even de kring rond, hechtte zich toen weer aan het stille, grauwe gezicht in de kussens.

*

'We zijn er allemaal, hoor!'
Dat had meester Molenaar ook gezegd toen de bovenmeester begraven werd. Ze stonden op het kerkhof in hun donkere goed. Een koude, miezerige regen bezaaide de donkere mantels met pareltjes. Meester Molenaar sprak als laatste, na grootva die gepreekt had over de kortstondigheid van het leven, en de voorzitter van het schoolbestuur die gesproken had over de lege plaats die zo onverwachts gevallen was.
De zachte stem van meester Molenaar hoorde je maar net tussen het geschuifel en gekuch door. Hij had niet veel aandacht meer: de mensen hadden al genoeg gehoord en wilden naar de koffie – er zouden toch wel broodjes zijn? – Maar Ika spitste haar oren,

want de meester zei het zo mooi. Alsof de bovenmeester het nog horen kon.
'We zijn er allemaal, hoor! Om aan u te denken in dankbaarheid. We zijn er erg van geschrokken, dat u zo onverwachts vertrok, maar we geloven dat u verwacht werd bij de Vader en dat u nu voor eeuwig thuis bent gekomen.'
De stem van de meester klonk nog zachter, want hij sprak immers over de hemel en daar kon hij nooit over praten zonder ontroerd te zijn. Maar huilen ging hij niet. Gelukkig maar, want er huilden al zoveel mensen. De vrouw van de bovenmeester kon maar niet bedaren en haar zussen huilden al even hard met haar mee.
Op de weg terug over het smalle, grijze pad langs de grafzerken, hadden veel mensen gemopperd. Dat het een schande was dat de schoolkinderen vooraan mochten staan, dat de dominee, dat was grootva vanzelf, te lang gepreekt had en dat de voorzitter van het schoolbestuur steeds de draad van zijn verhaal kwijt was en in herhalingen verviel. En ook dat meester Molenaar er wel erg licht over dacht. Als zelfs de dominee geen zekerheid had durven geven, hoe kon meester Molenaar de bovenmeester dan de hemel in praten? Het was ongehoord dat zo iemand les mocht blijven geven op onze school!
Toen ze met de klas terug naar school liepen, had Ika haar hand in die van meester Molenaar gelegd. 'Gelooft u dat hij het horen kon?', had ze gevraagd.
Meester Molenaar had geglimlacht en de vraag teruggegeven.
Ze had haar schouders opgehaald. Hij had zijn neus gesnoten, luid toeterend, zoals gewoonlijk. Ze had maar amper kunnen verstaan wat hij zei van achter zijn zakdoek: 'Als God het nodig vond dat de bovenmeester nog dingen van de aarde hoort, dan heeft hij het gehoord. En ook voor ons was het goed te weten dat we er waren en dat het ons hard zal vallen hem te moeten missen!'
'Maar grootva bedoelde dat ook toch?', moest ze vragen.
De meester kneep in haar hand.
'Misschien wel, maar mensen moeten zeggen wat ze bedoelen!'
Ze had teruggeknepen in meesters hand, want dat was een waarheid als een koe.

*

‘We zijn er allemaal!’, had Abe gezegd.
De klok tikte overduidelijk de stilte in. Nelly bracht de jongens naar haar schoonouders en Willem rookte buiten een sigaret. Hij liep het tuinpad heen en weer; ze hoorde hem steeds keren bij het achterraam. Knerpend geluid van zand tussen schoenzool en straat; het was beter om op dat geluid te wachten dan op moeders adem.
Die kwam zo onregelmatig dat Ika er zelf ademnood van kreeg. Het telkens inhouden van haar eigen adem en gespannen wachten tot moeders onderlip weer trilde en ze stokkend en haperend een beetje lucht naar binnen zoog, maakte Ika moe. En steeds begon het wachten opnieuw. Soms kon Willem twee keer keren onder het raam voor moeders lip opnieuw trilde.
Van heel ver kwam het ronken van een vliegtuig. Zwaarder en zwaarder rolde het geluid dichterbij. Ika keek op toen Willem aan het achterraam klopte en gebaarde dat ze buiten moest komen.
‘Een oefening van de militaire basis. Kom eens gauw, het zijn er zeven!’, riep hij enthousiast.
Ika deed automatisch een paar stappen in zijn richting, maar een beweging van moeder deed haar terugkeren. Alsof het geluid moeder gewekt had: ineens waren haar ogen open. Ze stak haar handen uit alsof ze opgetrokken wilde worden.
Ika pakte die handen en trok haar tegen zich aan. Zo, half zittend op de rand van het bed, voelde Ika hoe het lichaam van moeder zich tegen haar borst vlijde. Het was zo slap en leeg en zo ontzettend weerloos, dat Ika niet anders kon dan haar armen om die smalle rug leggen en doodstil het donderende geluid van de zeven vliegtuigen afwachten.
De ruitjes van de schuifdeuren rinkelden zoals Ika hen nog nooit had horen rinkelen. Alsof ze eruit wilden.
Ze hoorde Willem iets schreeuwen en toen was de kamer zo vol van het geluid, dat ze onwillekeurig moeder steviger vastklemde. Op het moment dat de vliegtuigen laag overvlogen en het huis deden trillen, schoot de kastdeur open en een stapeltje ondergoed van moeder kantelde en viel de kamer in.
In de achterkamer was het geluid van brekend glas. De duif

fladderde angstig tegen de tralies van het hok. Moeders hoofd zakte in Ika's arm. Ze legde haar wang op het dunne, grijze haar. De geur van ziekte en ongewassen haar kroop toen ze inademde mee naar binnen. Het was alsof ze moeder opsnoof, alsof moeder in haar armen leegliep en kleiner werd.

Het geluid rolde weg, verder en verder, alles achterlatend in een onwaarschijnlijke stilte. Alleen het bewegen van haar eigen adem was er. En ook voelde ze het bloed in haar hals kloppen. Wat raar, dat ze zich dat nu zo bewust was! Alsof dat het verschil aangaf tussen hen beiden, nu ze samen zo versteend zaten en zo in elkaar verstrengeld.

Ze wachtte op het volgende moment. Ze wist het wel, maar als ze moeder neer zou leggen in de kussens, zou het zo definitief zijn. Het was vreemd, nu moeder zo levenloos tegen haar aan lag, was ze liever en zachter dan ooit. 'Ik heb u bij uw naam geroepen, gij zijt Mijn.' De woorden kwamen vanzelf. God moest moeder maar overnemen nu.

Willem mopperde in de achterkamer en raapte glasscherven. Wat was het verder stil na dat donderende geraas!

Het haar van moeder bewoog toen Ika uitademde. Het leek wel of moeder daarmee iets uit haar armen weggleed.

De schuifdeuren rammelden open en daar stond Willem, met de fotolijstjes waarin de foto's van grootva en van vader zaten. Het glas was gebroken en de lijstjes waren uit hun verband.

Er was een open stilte toen Willem hen zo zag zitten.

Dwars door die stilte riep de duif van schrik of opluchting wel zeven keer.

Nelly's ogen toen ze de kamer binnenkwam: paniek als een uitslaande brand. Toen liet ze zich met een kreet op haar knieën vallen voor het bed en greep moeders handen, die door Ika netjes naast elkaar op de rand van het schone laken gelegd waren. Zacht jammerend streelde Nelly moeders handen: 'Dat je nou niet gewacht hebt, moeder! Dat ik er niet bij was!'

Ineens keerde ze zich om naar Willem en Ika. 'Jullie hadden me niet moeten laten gaan! Het is niet eerlijk: ik zorg al maanden voor haar en op het laatste moment ben ik er niet! Waarom heb

je me niet tegen gehouden?! Waarom ben jij de jongens niet weg wezen brengen?!' Haar ogen stonden boos en wild.
Willem liep op haar toe en sloeg zijn arm om haar heen. 'Maar, Nel, dat wisten we toch niet... dat het juist nu zou gebeuren. En jij stelde zelf voor dat je de jongens weg zou brengen!'
Hij hielp haar overeind en, er niet op bedacht dat zij zich overstuur tegen hem aan zou werpen, wankelde hij even. Toen droeg hij haar als een kind de achterkamer in. Ika hoorde tussen Nelly's hysterische snikken zijn rustige stem die sprak over kopjes thee en een boterhammetje met kaas.
Ika glimlachte boven moeders witter wordende gezicht. Willem, haar zwager! Een lomp stuk goud.
Toen dokter Spaan het tuinpad opliep, haastte Ika zich om hem voor te zijn. Hij moest niet bellen, nu...
In de halfdonkere gang keek hij haar aan. Ze glimlachte onder zijn vorsende blik.
'Hoe is het met je?', klonk zijn zware stem.
Ze knikte en glimlachte weer; ze kon niet praten, haar stem was ver weg. Ze hield de deur voor hem open.
Dokter Spaan stond lang bij het bed; zijn grote handen hingen doelloos aan zijn armen, die wel langer dan anders leken. En toen hij zich omdraaide en met fors geweld de schuifdeuren opentrok, schrok Ika van zijn vloek.
Bij de tafel roerde hij in zijn koffie en schreef in onleesbare halen het telefoonnummer van de begrafenisondernemer voor hen op papier. Hij wist het uit zijn hoofd.
'Willen jullie je moeder zelf afleggen of moet de wijkverpleegster het doen?'
Nelly haastte zich te zeggen dat ze dat zelf zouden doen, ja, ze wist hoe het gebruikelijk was.
'Ik moet de jongens halen!', zei Nelly ineens verschrikt. 'De jongens weten nog van niets!'
In haar haast om op te staan, stootte ze een kopje om. De koffie gulpte over het pluchen tafelkleed.
'Oh, moeders trots!', zei Nelly en sloeg meteen haar hand voor haar mond.
Moeders trots, dat was verleden tijd. Het drong tot Ika door

terwijl ze de vaatdoek uitspoelde. De koffie vermengde zich met het water uit de kraan, dat stroomde en stroomde en de bruine kleur dunner en dunner uitwaaierde door de granieten gootsteen.
Zo was het met het leven ook: het werd dunner en dunner totdat het werd opgenomen in de stroom van vele volkeren.
Moeder was gestorven. Er was niets meer.
In de kamer huilde Nelly met grote kindersnikken. Slechts met grote moeite wist Willem haar ervan te weerhouden om nu nog zo vlak voor de nacht de jongens in te gaan lichten.
'Dirk Willem ligt al in bed. Heus, morgen is vroeg genoeg; er verandert nu toch niets meer. Vanavond laat, als Abe ook slaapt, dan loop ik wel even naar mijn ouders! Nelly, bedaar nou, je maakt jezelf steeds meer overstuur!'
Dokter Spaan klopte Nelly op de rug en beloofde een kalmerend middel aan te reiken. 'Nee, dat is geen extra moeite', zei hij tegen Ika, die zijn jas aanreikte.
Ika keek hem na door het groene ruitje van de voordeur. Zo op zijn rug leek hij nog niet oud en toch was hij minstens tien jaar ouder dan moeder.
Tien jaar! En misschien leefde hij nog wel twintig jaar. Moeder was maar drieënvijftig geworden. Dat is erg jong om dood te gaan.
Zou hij daarom gevloekt hebben, omdat hij moeder niet helpen kon? Omdat hij het niet winnen kon van deze ziekte? Het was eigenlijk niets voor dokter Spaan, al was hij bepaald nogal ruw in de mond. Maar vloeken, dat paste niet bij hem.
Ika bleef nog even in de gang, waar een rare stilte hing.
Het was zo vreemd: na het donderende geraas van de vliegtuigen leek de stilte aan alle dingen te kleven. De stille, slaphangende jassen aan de kapstok; de versleten loper op de trap; de lakens aan het droogrek in het trapgat; alles was zo bewegingloos en versteend. Als enig geluid kwam zo nu en dan Nelly's stem vanuit de kamer; het leek wel een kinderstem, nu ze zo overstuur was. Maar dat zachte, haperende praten hief de stilte niet op, maar maakte haar nog zwaarder en dieper. Of leek het maar zo omdat het schemerig werd in gang?

De klok sloeg zeven. Willem rekte zich uit, want de rieten stoel kraakte. Luid klonk zijn geeuw.
Ze moest naar binnen; wat deed ze zolang in die koude gang?
Groen kroop het laatste licht omhoog langs de muren.

18

Moeder had een testament.
Verwonderd zat Ika met de envelop in handen. Het was iets wat niet bij moeder paste, een testament.
Ika draaide haar om en om. Het was moeders handschrift, in keurige krulletters moeders meisjesnaam en de regel: te openen na mijn overlijden.
Zover was het dus nu.
Nelly wist ervan; moeder had het haar verteld toen ze pas wist dat ze kanker had. 'Het hoeft niet officieel, via de notaris. Zo belangrijk is het niet wat ik te zeggen heb. Maar toch, jullie moeten weten dat het er is, in de bovenste la van het dressoir, Nelly!'
Toen Willem de begrafenisondernemer belde, had Nelly ineens aan moeders woorden gedacht. Ze had de la uit het dressoir gelicht en haar voor Ika op de tafel gezet.
Er zat veel in de la. Van de zwemdiploma's en een rapport van Ika tot de geboortekaartjes van Abe en Dirk Willem. Het was zo'n la boordevol vroeger. Juist dat maakte dat Ika de la had teruggeschoven naar het midden van de tafel. Maar de bruine envelop, die bovenop lag, had ze eruit genomen.
Ze keek Nelly aan, die afwachtend tegen een stoel leunde. Nieuwsgierig als Nelly was, maakte ze een gebaar van openmaken. Ika keek naar Nelly's ogen en zag hoe strak die op de brief gericht waren. Wat vreemd dat Nelly zo was; nieuwsgierigheid doet iets met mensen. Zoëven was Nelly nog ontroostbaar geweest. Wat verwachtte ze van deze brief?

‘Kunnen we niet wachten tot morgen?’, probeerde Ika. Ze verlangde ineens naar de rust van haar flat, naar haar eigen keukentje, waar ze zo graag met haar rug tegen de verwarming de krant las.
Nelly schudde haar hoofd.
‘Misschien staat er iets in over de begrafenis en wie weet zit de uitvaartpolis erin. Dat moeten we weten voor die man van de begrafenisonderneming komt!’
Ika schoof de envelop naar Nelly toe.
‘Doe jij haar nou open!’, zei Nelly ongeduldig. ‘Meid, besef je dan niet dat je afkomst er wel in kan staan?!’
Ika schudde resoluut haar hoofd. Nee, zo was moeder niet. Als ze het niet zeggen wilde, zou ze het ook niet schrijven.
Ondanks dat Ika het scherpe mes in het hoekje van de envelop gezet had, liet het een slordige, rafelige rand na, alsof het bruine papier niet mee wilde geven.
Twee opgevouwen velletjes uit het gelinieerde blok zaten erin.
Ika vouwde ze open. Het eerste was een lijst met adressen voor de rouwkaarten. Het tweede begon met ‘Lieve Nelly’. Het was geen lange brief; nog voor de vouw van het midden hield het handschrift op.
Ika gaf hem haar en Nelly hield hem in het licht van de lamp.

> Lieve Nelly,
>
> Als ik er niet meer ben, wil je dan de duif naar mijn oudste dochter brengen? Dan moet je ook de bloedkoralen ketting van mijn moeder meenemen. Je weet wel, met dat gouden slot. Die ligt achter de nieuwe handdoeken in de linnenkast.
>
> Vergeet haar niet te vertellen dat meester Molenaar nog wel eens naar haar vraagt. Hij woont al jaren in ‘De oude Wijngaard’.
>
> Je moeder
> 19 juli

Verbaasd keek Nelly op van het papier. Ze greep de envelop, maar die was leeg. Behalve de adressen had ook het eerste blad geen andere boodschap.
Nelly liet zich op een stoel vallen en wierp de brief in de lichtkring van de lamp. Helder staken de letters af tegen het wit.
'Geen woord voor mij!', zei Nelly met een beving in haar stem. 'Geen woord voor de jongens, geen groet, geen dank, niks!'
Ze pakte de brief weer op en las nogmaals hardop de eerste zin. 'Wil je dan de duif naar mijn oudste dochter brengen?'
'Waarom zegt ze dat zo gek, mijn oudste dochter? Wat is dit voor een idioot testament? Het lijkt wel of ik niet meer besta!'
Willem pakte haar de brief af en vouwde hem dubbel.
'Nou, laat nou maar, Nel. Jij heb geen reden om jaloers te zijn; jij zag je moeder dagelijks...'
De flitsende lichtpuntjes achter Ika's ogen voorspelden niet veel goeds. Morgen zou ze niet veel waard zijn. Ze wilde naar huis, naar haar eigen bed. De lage zoldering van de kamer benauwde haar. Ze stond op en liep door de keuken naar de achterdeur.
'Wat ga je doen?', riep Nelly, toen ze de deur hoorde.
'Niets dan een luchtje scheppen!'
Het plaatsje achter was nog nat van de regen, maar nu waren de wolken weggetrokken en er hing een dunne maan in de lucht. Ika liep stap voor stap het tuinpad langs. De kou viel over haar heen, trok op langs haar benen. Als het zo helder werd, kon het vannacht wel eens vriezen. Morgen was het 1 november. Allerheiligen.
'Mijn oudste dochter'. Waarom geen Ika of Ikabod?
Toen ze bij het hekje achterin kwam en haar handen rond het koude, natte hout sloeg, wist ze ineens weer dat er ook iets stond over meester Molenaar. Hij leefde dus nog! En moeder wilde dat ze dat wist. Hoe summier de boodschap ook was, het was van belang.
Meester Molenaar. Door het glimmende donker van de natte straat zag ze zijn gezicht, zoals hij voor de klas stond en vertelde. Zijn handen, die samen met zijn mond het verhaal deden leven. De rimpels rond zijn ogen en zijn slecht geschoren, pokdalige wangen.

'Vergeet niet te vertellen dat meester Molenaar nog wel eens naar haar vraagt.'
Het was alsof ze ter plekke veranderde in het kind uit zijn klas.

De bloedkoralen ketting lag op tafel toen ze de kamer weer binnenkwam. Ze huiverde ineens, de kou had zich in haar kleding en in haar haar gebeten.
'Daar ligt hij!', zei Nelly.
'Ik hoef hem niet, Nelly. Neem hem gerust als je wilt, echt...!'
Willems ogen keken boos. Die van Nelly stuurs. Het verbaasde Ika en ze moest er haast om glimlachen. Ze nam het zware snoer op. Grootmoe had het altijd gedragen. Het was ook voor haar een erfstuk geweest. Van haar moeders kant waren ze afkomstig uit Zeeland en rijk.
Ika liet het in Nelly's schoot glijden.
'Neem het maar, Nel. Het is het enige sieraad van moeder; jij hebt er meer recht op dan ik. Ik draag het toch niet, net zo min als moeder het droeg trouwens!'
Nelly's hand streelde de ketting. 'Ik heb hem altijd prachtig gevonden!'
Willem schoot overeind uit zijn onderuitgezakte houding.
'Als je hem neemt, Nel, dan trek ik dat ding persoonlijk door de wc! Je lijkt wel een klein kind! Waar zijn we hier mee bezig!'
Nelly trok geschrokken haar hand terug. De ketting gleed op de grond. Willem raapte hem op en stak hem in zijn broekzak. Minachting sprak uit de blik waarmee hij naar Nelly keek.
'Nou, het is al goed, hoor, ik zeg toch niet dat ik...', pruttelde Nelly na.
Ika boog zich over de lijst en telde de adressen.
Willem liet de begrafenisondernemer binnen. Ika kende hem nog wel, Jan Jonker; hij was maar een paar jaar ouder dan zij. Hij was sprekend zijn vader geworden.
Zijn hand knisperde van droogheid. Alsof je een mummie de hand schudde. Wat een ellendig beroep eigenlijk!
Er schoot een gedachte aan de wintertuin door haar hoofd. Vannacht zou ze werken. Ze wist nu hoe het worden moest.
Onder het gesprek-in-mineur, over de kist en de eventuele rouw-

dienst, zag ze het ruisende bamboe en het spetteren van de fontein. Die zachte wind, dat zou een luchtblazer moeten zijn die verwarmde lucht vanuit de linkerachterwand langs het raam blies. Dat zou ook prima werken tegen condens. En er moest iets met mos langs de vijver.

Zeurderig klonk de stem, die de verschillende rouwkaarten aanprees. Ika liet alleen de toon toe, niet de betekenis. Ze zag het nut niet in van geschept papier en ook begreep zij het verschil niet tussen een zilvergrijze en een grijze rand.
Toen ze de stoel achteruitschoof om op te staan, zei Nelly kattig: 'Loop nou niet steeds weg!'
Dat Willem echt boos was, merkte ze toen hij op precies dezelfde toon zei: 'Je hebt de ketting ook al!'
Er schoot een lach in zijn boze ogen toen die de hare ontmoetten.
Nelly boog zich over het boek met showmodellen. Er trok een kleur op vanuit haar hals.
'Kan het zijn dat ik met u in dezelfde klas zat?', deed Jan Jonker een rechtstreekse vraag.
'Dan bent u wel vaak blijven zitten!', zei Ika.
Het kon haar niet meer schelen, ze moest weg. Dan maar naar boven, naar haar kamertje. Ze hield het niet langer vol, dat geleuter aan tafel. Ze deed haar ogen dicht in de gang en liep blindelings de trap op. Ze had geen licht nodig: dit huis kende ze op de tast. Bovenaan de trap gekomen bleef ze even staan; Nelly huilde weer.
Ze liet zich op het bed vallen, dat lang na veerde. Het licht van de lantaren voor het huis viel precies op de plaat. Zelfs hiervandaan kon ze het onderschrift lezen: 'Laat de kinderen tot Mij komen, en verhindert ze niet, want hunner is het Koninkrijk der hemelen'.
Ze probeerde in de kindergezichten iets van moeders trekken te vinden, maar het lukte niet. Wat raar dat ze Nelly terugzag in bijna elk kindergezicht.
Ze had zich in moeten houden tegen die bleke man beneden. Hij had zijn vraag niet kwaad bedoeld.

Hoor, Willem liet hem uit. Wat prevelde hij nou toch nog in die koude gang? Willem zei niet veel terug.
De klap van de voordeur dreunde door de hele gevel. Dat was weer niets voor een sterfhuis.
Nelly kwam naar boven; ze hoorde het aan de voetstappen op de trap. Waarom had ze nu de neiging om de deur op slot te doen? Ze moest zich niet aanstellen. Ieder verwerkte verdriet op zijn eigen manier.
Had ze verdriet? Had Nelly verdriet? Was moeder iemand waar je verdriet om had?
Nelly zou moeder missen, dat wel. Moeder maakte deel uit van Nelly's leven, of dat nou positief of negatief was.
Wat leek het lang geleden dat ze thuis was. Elke dag gewoon, opstaan en naar het werk. 's Morgens de gordijnen opentrekken en genieten van het uitzicht over het park. Brood smeren en in het doosje doen. De deur sluiten en de trappen aflopen. Praten met Simone over een ontwerp. De jongens inroosteren. En 's avonds: de stilte van de kamer, het suizen van de verwarming en soms het slaan met de deuren van de bovenburen.
Nelly klopte. Dat ontroerde Ika. Het leek op boete.
'Kom maar', riep ze. Nelly schoof door de kier het kamertje in.
'Lig je in het donker, in de kou?'
Nelly kwam op de rand van het bed zitten. Het scheen wel dat ze tegenwoordig niets anders deden dan op randen van bedden zitten.
'Ika, ik ben een stomme tut!', klonk Nelly's stem deemoedig. Ika's glimlach zag ze niet. 'Ik had niet over die ketting moeten zeuren; het slaat nergens op! Neem hem alsjeblieft en vergeet wat ik zei!'
Ika voelde hoe Nelly de ketting op haar buik legde; koud drong het gewicht van de bloedkoralen door haar blouse. Ze bewoog en de ketting gleed langszij op de deken.
Nelly zag daar een afwijzing in. Ze zuchtte en begon haperend opnieuw.
Ika kwam overeind en sloeg haar armen om Nelly. 'Hou maar op, meid. Geef dat ding aan Willem; zijn idee was zo slecht nog niet! Ik heb geen zin in narigheid tussen ons. We begonnen net weer...'

De woorden durfden nog niet, maar het gebaar zei genoeg.
Nelly snufte wat, haalde haar neus op en Ika gaf haar een zakdoek. Nelly maakte een paar snikgeluiden en keek over de zakdoek heen en toen kwam het lachen toch.
'Wat doen wij idioot!', zei Ika, terwijl ze opstond.
'Vind je?', zei Nelly gesmoord in de zakdoek. 'Weet je, ik voel me zo vreemd, alsof ik haast blij ben dat het afgelopen is... En ergens ben ik ook boos... Het zijn de verkeerde gevoelens; ik kan geen verdriet vinden, terwijl het toch mijn moeder betreft!'
Een hulpeloos schouderophalen vergezelde de woorden. Ika schudde die ronde schouders.
'Je bent overrompeld en dat geeft een wirwar, bij mij net zo goed. We dachten dat we nog tijd hadden om over het sterven te denken en nu moeten we hals over kop de begrafenis regelen. Dat is het, Nelly! En dat moeder nu geen aandacht meer vraagt, daar moet je ook aan wennen!'
'Ik heb steeds het gevoel dat ze me roept', bekende Nelly zacht. 'Dan zie ik weer hoe strak ze naar de schuifdeuren keek als je binnenkwam, altijd te laat. Het was nooit goed, hoe vaak ik ook kwam... Altijd te weinig, altijd te kort! Als ik wegging, stak ik mijn tong uit als ik de keukendeur sloot. Kinderachtig, maar waar! Laten we maar naar beneden gaan, daar is het warm en we kunnen de enveloppen vast schrijven.'
Het was inderdaad koud boven; Ika was er stijf van toen ze opstond.
Nelly schoot opnieuw in een proestlach toen ze over de drempel struikelde en tegen Ika aanbotste op de donkere overloop.
'Weet je nog dat ik je vroeger op mijn rug nam, de trap af?'
Nelly knikte. 'Je zou me nu niet meer houden! Ik ben wel twintig kilo zwaarder dan jij!'
Beneden rookte Willem een sigaret. Dat kon nu weer, want er lag geen zieke meer in de voorkamer.
Er was ineens een stille gezelligheid in de kamer. Een soort verbondenheid in het nalopen van de adressen die moeder had opgeschreven.
Moeder zou dinsdag begraven worden; voor de teraardebestelling een korte rouwdienst en in de aula van de begraafplaats

condoleren. Koffie of thee en een broodje; eenvoudiger kon niet.
'Ze komt zeker bij vader?', vroeg Ika aan Willem.
Die knikte. 'Ja, dat is een dubbel graf en het is toentertijd gekocht. Haar naam kan ook op dezelfde steen.'
Het was een naar idee.

19

Die nacht kwam de wintertuin klaar.
'Wil je wel alleen blijven?', had Willem gevraagd.
Ikabod had geknikt; ze wist het zeker.
'Gaan jullie nou maar; jullie hebben elkaar al zo vaak moeten missen de laatste tijd.'
Willem had geknikt en Nelly had even schuins opzij gekeken.
Het was heel stil toen het geluid van hun voetstappen naast het huis verstomd was. Ika werkte, ze kleurde met zachte pasteltinten de vlakken in en tekende de steentjes in het pad.
Het langst dacht ze na over het mechanisme van de deuren; mogelijk dat Simone daar een oplossing voor wist. Misschien konden de delen van de wand in verschillende rails geplaatst worden, zodat ze voor elkaar geschoven konden worden, of anders moest het een vouwsysteem worden. Ze zag de planten voor zich, alsof ze liep door haar tekening.
Zo nu en dan stond Ika op en keek naar moeder door een kier van de schuifdeuren. De voorkamer was een soort heiligdom geworden, waar ze niet binnen kon gaan. De wintertuin was om de voorkamer heen. Als een wachter voor de poort was ze. Het was niet naar om naar moeder te kijken.
Van het pad van gele ijsselsteentjes liep Ika langs de waterpartij, waarin nog stapstenen moesten komen. Niet te ver van elkaar, zodat ook een kind door het water kon. Abe bijvoorbeeld. Ze mat een kleine pas af, stond op, keek naar moeder. Het gezicht werd stiller en stiller. Mooier haast, zachter, alsof moeder weg-

zakte in zichzelf; alsof ze eindelijk toekwam aan de rust van een wintertuin. Moeders wintertuin. Ika besefte dat haar wintertuin alles met moeder te maken had. Alsof de pasteltinten opwogen tegen de geur van ziek-zijn, die sterker was geworden.
Als het licht werd, zou ze het bovenraampje openzetten.
Het duurde lang voor het licht werd.
En toch was het geen onaangenaam wachten; het was lang geleden dat ze zo dicht bij moeder was geweest.
'Ik ben er, moeder!', zei ze telkens als ze keek.
Het afleggen deed Nelly, dat was haar goed recht. Het had niets griezeligs, het had iets zorgzaams. Nelly was daar goed in, Ika zag hoe voorzichtig ze te werk ging. En hoe zorgzaam.
Ze was net klaar, toen de bel ging. Ika keek door het raam en zag de zwarte auto; ze begreep het. Het was de kist.
Het verschrikte gezicht van Abe zou ze niet snel meer kwijtraken. Abe kwam juist op het moment dat de kist binnengebracht werd. De stemmig geklede heren die de kist brachten, vulden de gang met hun overleg.
De deur naar de kamer bleek het probleem. Ja, de kist naar binnen zou wel gaan, maar hoe zou het dinsdag moeten als de kist naar buiten moest? Dan kon er niet gekanteld worden.
Abes ogen werden groot en Ika wenste de mannen ver weg.
Opnieuw werd er proefgedraaid; nu via de achterkamer, die ook een deur naar de gang had. Deze draai was iets ruimer, maar het bleef krap.
'Kunnen jullie niet beter via de achterdeur?', vroeg Ika.
Geschokt bleven de mannen halverwege stilstaan.
'De dood en de bruid gaan de voordeur uit!', zei een van de twee.
'Maar als dat nou niet kan?'
'Het móet, de achterdeur is heel ongebruikelijk!'
'Liever op een nette manier achter uit, dan met toestanden door de voordeur!', zei Ika.
'U komt zeker uit de stad? Daar denken ze aan dat soort dingen niet meer!' Het klonk alsof hij te doen had met stadse mensen.
'Tante Ika, ligt oma vastgebonden in die kist? Of kunnen we haar nog goedleggen als ze door de deur is?', fluisterde Abe.
Ze trok Abe mee naar de keuken. De mannen moesten het maar

zien te klaren met Willem die net achterom kwam. Abes gezicht stond zorgelijk.
'Ik vind het akelig, zo'n kist... De Egyptenaren werden gebalsemd; zou dat nu ook nog kunnen?'
Ika glimlachte en streek door zijn stekels.
'Dat was nog veel akeliger, hoor. Dat balsemen gebeurde met natron – dat is een soort soda – en eerst moesten alle ingewanden eruit gehaald worden!'
Ongelovig, verschrikt schudde Abe zijn hoofd. Nee, dat was ook geen manier van doen.
'Ik wou eigenlijk naar het voetballen, maar dat mag nou zeker niet?'
Ika doorzag de vluchtpoging en knikte. 'Ga maar gerust; ik zeg het wel tegen je moeder!'
Abe stond al bij de deur.
Hij draaide zich nog een keer om.
'Hoe weet u dat van dat natron?'
Ze keek hem na. Wat moest een kind veel leren om het leven aan te kunnen.
Toen moeder in de kist lag, leek ze veel verder weg. Het was meer een dode, en minder moeder.
De rust waarmee Ika die nacht naar haar had kunnen kijken, was weg. Ineens zag Ika op tegen de dagen die komen zouden. Het was nog geen dinsdag.
Ze zocht een gelegenheid om met Nelly te praten, maar die vond afleiding in poetsen en boenen. Het raam achter moest gezeemd en de gootsteen geboend, de keuken gedweild.
Wat had het voor nut? Wie zou erop letten? Ika kon haar niet volgen.
De dag leek tijdloos geworden.
Toen Nelly tegen vieren eindelijk de tijd nam om koffie te drinken, zei Ika: 'Ik ga zo meteen naar huis. Morgen kom ik wel weer!'
Nelly haalde haar schouders op. Ze bekeek haar roodgewerkte handen.
'Als je dat wilt... Het is hier nou toch klaar! En jij hebt vannacht gewaakt! Vannacht gaat Willem wel.'

Toen Ika de deur van haar flat van het slot deed, besefte ze dat het pas een week geleden was dat ze de beslissing genomen had om toch te gaan. Eén week!
De flat was koud en donker. Ika knipte alle schemerlampen aan en sloot de gordijnen. Ze nam een douche – ze had dringend de behoefte om de geur van ziekte van zich af te wassen – en kroop daarna op de bank met de post.
Het thuis-gevoel wilde niet komen. Alsof haar thuis nu weer daar was.
Twee keer draaide ze het nummer van Simone en legde halverwege het draaien weer op. Ze wilde met Simone praten, maar zag ertegen op te zeggen dat moeder dood was.
Het leek nu nog iets van de wereld daar; ze kon het nog niet binnenshuis halen. Er zat een drempel tussen daar en hier. Toch had Simone wonderlijk gepast in de voorkamer. Maar daar was Simone iemand-van-buiten geweest; hier zou het Simone-van-hier zijn.
Juist toen ze besloot maar naar bed te gaan met een kruik, rinkelde de telefoon. Ze liet de kruik bijna uit haar handen vallen, zo schrok ze van het onverwachte geluid. Maar voor ze de hoorn opnam, wist ze al dat het Simone moest zijn, want zo ging het zo vaak tussen hen.
'O, je bent het zelf!', zei Simone zodra Ika haar naam gezegd had.
'Hoezo, had je iemand anders verwacht?'
'Als je niet opgenomen had, had ik de politie gebeld!'
'Sorry, ik kan je niet volgen!'
'Kijk maar uit het raam; ik sta op het plein voor de flat.'
Ikabod ging zover als de telefoondraad rekken wilde in de richting van het raam. Ze kon net bij het gordijn. Ze keek de donkerte in en vond de goedgevulde telefooncel op de hoek van het plein.
Simones auto stond ernaast met de lichten nog aan.
'Kom boven!', zei Ika. 'Wat doe je zo laat nog op straat?'
Simone moest eerst even zitten toen ze boven was, zo hijgde ze van het trappenlopen. Ika schudde haar hoofd.
'Er is hier een lift!'
'Ik ben zo oud nog niet!', pufte Simone.

'Maar zo dik wel!', gaf Ika terug .
Ze kreeg een verwijtende blik. 'Waarom ben je thuis?'
'Ik moest even weg daar! Morgen ga ik weer terug...', omzeilde Ika het moeilijke.
Simone knikte. 'Ik zag licht toen ik langs reed, dus belde ik maar even. Je weet maar nooit!'
'Wat deed je hier in de buurt?'
'Schenk maar een borrel in, dan vertel ik m'n ellende!'
'Nou moe!', schrok Ika, 'is er narigheid?'
Simone leunde achterover in de bank. 'Het valt wel mee, maar ik was toch behoorlijk kwaad vanmorgen.'
Ika zocht in de kast naar een fles waar Simone mee uit de voeten kon. Er was niet veel keus: een halfje vermout was alles. Ze zette het gevulde glas voor Simone neer en zakte in de stoel tegenover haar.
'Zeg op!'
'Er is een geduchte concurrent opgedoken! Twee contracten zijn van de week opgezegd en vanmorgen lag er een fax dat het Promenade Hotel wel het ontwerp, maar niet het onderhoud van de wintertuin bij ons wil. Die andere is goedkoper...'
'Nou ja! En wie is het, kennen we dat bedrijf?'
'Nooit van gehoord. Hoveniersbedrijf De Morgenster of zo iets. Zegt jou dat wat?'
Ika schudde haar hoofd. 'Zit het hier in de buurt?'
'Weet ik veel...', zei Simone, 'maar daar kom ik wel achter. Ik zal die vent eens met een visite vereren! De smiecht!'
Het schelden deed Simone goed; ze knapte er zichtbaar van op.
De vermout bekwam haar minder. 'Smerig! Dat is ouwe troep!' Toch schonk ze de rest van de fles ook maar in haar glas.
'Het onderhoud loopt toch al minimaal. Als ik er niks bij krijg, moet ik een van de jongens ontslaan!', zei ze somber. 'De wintertijd is nou eenmaal slappe business! 't Is te hopen dat jouw ontwerp nog wat oplevert. Er komen daar veel zakenlui; je weet maar nooit hoe zo'n balletje rolt!'
Ika zei niet veel. Ze keek naar Simone onder de schemerlamp. Ze wenste dat ze een stuk taart had voor Simone of een vette hap. Ze

wilde iets voor haar doen, iets wat Simone leuk of lekker zou vinden.
'Zullen we een pizza laten komen?', vroeg ze ineens en schoot in de lach om de gretige reactie.
'Met olijven en ansjovis en veel kaas. Doe er maar twee...'
Het gaf iets bijzonder saamhorigs om uit een kartonnen doos te eten. Het was nog lekker ook, al at Simone verreweg het grootste deel.
Pas toen Simone vertrok, vertelde Ika het.
'Dinsdag is de begrafenis; je zult morgen de kaart wel bij de post vinden.'
Simone keek alsof ze een dreun op haar hoofd gekregen had.
Het was raar om haar sprakeloos te zien. Ika moest er haast om lachen. Het paste zo helemaal niet bij Simone.
Toen Simone vertrokken was, met nog steeds dat onthutste in haar bruine ogen, keek Ika haar kleding na. Ze zou iets donkers moeten dragen als moeder begraven werd.
Ineens dacht ze aan moeders kleren, aan moeders linnenkast waar de stapel ondergoed uitgevallen was op het moment dat moeder stierf. Ze zouden de kast leeg moeten halen, Nelly en zij. Het hele huis moest leeg. Het zweet brak Ika uit bij de gedachte.
Het huis zou verkocht moeten worden. Het zou er niet langer zijn als het huis van moeder. En ook de tuin en het straatje met de mossen. Er zouden andere mensen wonen en slapen. Ze zouden het misschien ouderwets vinden, het granieten aanrecht en de koperen kraan. Ze zouden verbouwen en uitbreken.
Waarom deed dat nu zo'n pijn? Ze had immers niets met het huis, niets dan nare herinneringen? Het was een vreselijk huis, met een gang vol water en angst en vals licht.
Maar dat het niet meer moeders huis zou zijn!
Met een klap sloeg ze de kastdeur dicht. Het zou de blauwe regenjas wel worden, al was die wat kaal.
Ze probeerde te slapen, maar het werd een nacht vol waken en dromen. Eén gedachte was er, die beslist onder de oppervlakte moest blijven. Waarom was ze niet meteen naar meester Molenaar toegegaan? Wilde ze het dan toch niet weten?
Tussen het waken door droomde ze alle verwarde flarden van de

afgelopen dagen door elkaar: het ronken van de vliegtuigen en het vloeken van dokter Spaan, Nelly, de bloedkoralen, de kist op haar kant, Abe met een soeppan vol natron en Simone verwikkeld in een duel om een pizza.
De zaterdagmorgen begon met een fijn regentje.

Terwijl ze de boel wat beredderde en de planten verzorgde, kwam Simones verhaal weer naar boven.
Benieuwd als ze was naar degene die hen dwars zat, zocht ze in de vakgids naar een bedrijf met de naam De Morgenster. Het was er niet te vinden. Maar de gids was al een paar jaar oud. Misschien was het een pas gestart bedrijf.
Lang stond ze te kijken naar het ontwerp van de wintertuin. Het zou jammer zijn als ze het onderhoud niet kregen; je wist dan nooit hoe de tuin er over een paar jaar uit zou zien. Het zou wel toeval zijn als dat bedrijf dezelfde combinaties op het oog had. Nogmaals gleed haar blik over de plantenlijst: epimedium, een lage bloeier die 's winters groen blijft; helleboris foetidus, stinkend nieskruid, dat niet stinkt en waarvan de bloei in januari al begint; hacouetia epipactis, een voorjaarsbloeier met appelgroene bloemen.
Het waren niet de meest gemakkelijke planten, maar ze accentueerden de sfeer die de wintertuin moest hebben. Rust en frisheid, overweldigend in tinten groen en bladvariaties, rijkdom die je ontdekken moest, waarvoor je letterlijk door de knieën moest.
Als die Morgenster dat maar snapte!

Toen Ika om vier uur de achterdeur binnenstapte, stond Nelly in de keuken vlees te braden. Het gaf zo'n huiselijk gevoel, dat Ika niet verder wilde dan de keuken. Ze gooide haar jas over de ene stoel en ging zitten in de andere.
Het was net of moeder niet dood was en in de kamer peertjes schilde. Nelly moest erom lachen; moeder schilde nooit peertjes in de kamer, dat deed ze met een schort voor in de keuken.
Het was zo, ze had gelijk.
Nelly wees naar de opeengestapelde vuile kopjes. 'Het is druk geweest vanmiddag! De dominee en een paar ouderlingen, de

buren en het bestuur van de vrouwenvereniging, al kwam ze daar nooit. We eten maar hier; dat is gezelliger voor jou!'
Het was gezellig, al heerste er iets eerbiedigs in de kamer. Het weten dat moeder achter de schuifdeuren lag, was niet naar, maar toch iets om rekening mee te houden.
Nelly kookte de andijvie precies als moeder en het was vreemd dat Ika er zo van genoot. Vroeger lustte ze geen andijvie. En voor zichzelf had ze het nooit klaargemaakt.
Ika keek naar Abe die als een jonge spreeuw zijn mond al opendeed voor hij een vork vol had. Simone kon ook zo eten, zo vol overgave. Ze schoot in de lach toen ze aan de pizza dacht.
'Komen ze die echt thuis brengen?', vroeg Abe.
Ika knikte: 'Ja, je belt en even later komt er iemand langs op een brommer met een soort kistje achterop, goed geïsoleerd, zodat de pizza warm blijft.'
Dirk Willem luisterde met open mond. 'Op een brommer?', vroeg hij om het zeker te weten. Ika knikte en zag hoe hij zat te knoeien met zijn eten. Dirk Willem liet de vork voor de tweede keer zakken. 'Ik word later pizzaman... op een brommer!', zei hij overtuigd.
'Houd jij je voorlopig maar bij je andijvie', was het vinnige commentaar van Nelly op de toekomstplannen van Dirk Willem.
'Pfoe!', protesteerde de pizzaman en de andijvie zat tot in Willems haar, zodat die zich er ook nog mee moest bemoeien.

20

De begrafenis was minder spitsroeden-lopen dan Ika had gevreesd. De nieuwsgierige blikken waren er wel, maar het was alsof ze haar niet golden. En niemand werd persoonlijk bij het condoleren. Zo druk was het trouwens niet. Moeder had niet veel familie en ook niet veel kennissen.

De begraafplaats, die Ika zich herinnerde als een winderige tuin met kaarsrechte grindpaden, viel haar tweehonderd procent mee. Er was een nieuwe aula gebouwd en veel oude graven waren geruimd, zodat er een heel nieuwe structuur was ontstaan. Mooie struiken en afwisselende beplanting; niet alles even vlak, maar het was alsof de nieuwere graven in de glooiing van lage heuvels rustten. Komvormig en beschuttend was de begroeiing eromheen.

Het verraste haar bijzonder. Ze werd nieuwsgierig naar degene die hier het onderhoud deed. Dit was meer dan 'openbare werken', dat stond als een paal boven water. Hier was een tuinarchitect aan het werk geweest.

De stem van de nog jonge dominee vertelde niets nieuws, enkel clichés; ze wist voor de zin uit was, wat de volgende zin zou zijn. 'De mens is als het gras, heden bloeiend, maar als de wind daarover gaat... vindt men haar standplaats niet meer.'

Hij deed zijn best om iets persoonlijks te zeggen over moeder, maar hij wist niet veel: moeder liet zich niet kennen.

De vogels deden het beter; er zaten duiven in de bomen. Tortels die riepen, aan elkaar en aan de mensen. Het was niet moeilijk om naar de tortels te luisteren en de dominee niet te horen, het ging vanzelf.

Nelly huilde zo nu en dan; haar ogen waren rood en omdat ze vandaag geen lippenstift op had, leek ze extra bleek.
Willem trok zo nu en dan aan zijn te krappe zwarte pak. Zijn trouwpak zeker. Dirk Willem stond als een blozend bazuinengeltje met zijn duim in zijn mond. Hij leunde tegen Nelly aan.
Ika glimlachte toen ze naar Abe keek. Hij telde de tortels; ze zag het aan zijn blik en zijn prevelende mond.
Waarom deden ze dit eigenlijk niet zelf, Nelly en zij, met alleen Willem en de jongens erbij? Waarom deze poespas van rouwauto's met zwarte vlaggetjes en mensen met mottenballengeur aan hun kleren? Vooral tante Klaar stonk een uur in de wind. Verder waren er een paar verre neven en nichten, de buurvrouw en een paar ouderlingen. Allemaal mensen die kwamen uit goed fatsoen, omdat ze een kaart gekregen hadden, omdat het zo hoorde. Mensen met gelegenheidsgezichten; ze brachten niets mee. Maar dat Simone gekomen was, was goed. Ze stond wat achteraf met haar handen in de zakken van haar tent. Blootshoofds natuurlijk, en op een speciale manier ernstig, alsof ze in zou springen als er iets mis ging. Ika probeerde zich daar een voorstelling van te maken.
Met schrik merkte Ika dat de dominee klaar was; de lijzige stem van Jan Jonker had het overgenomen. Over het koffiedrinken en een dankwoord voor de belangstellenden.
Was het nu zo langs haar heen gegaan?
Het leek wel of ze alle emoties verbruikt had; zelfs bij het zakken van de kist bleven haar ogen droog.
Haar gevoel zei dat het zo goed was. Het was een mooie tuin hier; er was iets heel vredigs in het koeren van de duiven, alsof moeder eigenlijk thuis lag.
Ze zou hier nog terugkomen; vanmiddag, als alle mensen weg waren, als ze alleen kon lopen over het grindpad en dan, dan zou er pas een afscheid zijn. Niet nu, niet dit moment, niet terwijl al die mensen erbij waren.
De stoet zette zich in beweging. De koffiegeur kwam hun vanuit de aula tegemoet. Daar kikkerde de zwarte massa van op. De mensen vonden hun spraakzaamheid weer terug, op Ika na, die Simone naar haar auto bracht en zwijgend toekeek hoe die instapte en wegreed.

Toen Ika terugliep – ze kon Nelly daar toch niet alleen laten staan – wreef ze haar arm, waar ze het medeleven van Simone nog voelde.

Thuisgekomen wilde Nelly haar emoties meteen maar omzetten in daden. Ze begon de linnenkast uit te ruimen. Op het bed waar moeder had gelegen, groeiden twee stapels. Alles werd geteld, tot aan de nooit gebruikte damasten servetten toe.
Ika kon het niet aanzien. Ze vond Abe in de tuin. Boos was hij de doronicum aan het uitgraven.
'Waarom doe je dat?' vroeg Ika.
'Moet van haar', gromde hij nijdig tussen zijn tanden, terwijl hij de spa diep de grond in dreef. Zijn hoofd maakte een beweging naar het huis waar Nelly was.
'Nu?'
Ika begreep Nelly niet, maar ze pakte de spa van Abe over en stak hem onder de pol. Abe haalde een sinaasappelkistje uit de schuur. Voorzichtig liet Ika de plant van de spa glijden. 'Heb je er plaats voor, bij jullie in de tuin?'
'Wilt U hem?', zei Abe met oplichtende ogen, alsof hij haar graag een plezier deed. Ika knikte en haalde toen haar schouders op.
'Op een balkon wordt het vast niets', zei ze aarzelend.
Abe schudde zijn hoofd, schepte het gat vol met losse aarde.
'En uw vriendin, die dikke, heeft die een tuin?'
Verrast keek Ika hem aan. Wat was dat nou steeds tussen Abe en haar? Was dat nou een soort liefde op het eerste gezicht of was het bloedverwantschap?
'Ik wilde nog even naar het graf!', zei ze plompverloren. 'Ga je mee?'
Abe gooide de spa neer, veegde zijn handen aan zijn broek af.
'Mag dat?'
Samen liepen ze het kerkhof op, het grindpad over. Het leek kouder dan een paar uur geleden. Er was meer wind gekomen. Een paar laatste bladeren rolden ritselend over het gras.
Het graf was al dicht, de berg zand ernaast was weg, de planken erlangs waren ook verdwenen. Het was een vlak zand in het groen van het gras. Niets vertelde wat er onder lag.

Abe legde een roodverkleurd blad van de klimop op het zand. Zorgvuldig drukte hij het zand rond het steeltje aan, om zich ervan te verzekeren dat het blad niet weg zou waaien.
Het was goed om zo samen met Abe even hier te zijn, het zand glad te strijken en naar de bomen te luisteren.
Het was alsof ze ervan openging van binnen, een grote open ruimte, met glooiingen als hier. Geen obstakels en geen sta-in-de-wegs, geen plaats voor nare gedachten.
Het knerpen van wielen over het pad riep haar tot de werkelijkheid terug. Ze hoorde naast de stem van Abe een andere stem, een oude. Toen ze de rolstoel door de bocht zag komen, wist ze dat ze zich niet had vergist. Het was meester Molenaar. Heel breekbaar zag hij eruit, met zijn benen onder een plaid.
Abes opgewekte stem weerkaatste over het kerkhof. 'Dit is meester Molenaar. Ik vertelde net dat u er was. Hij kent u nog van vroeger!'
Er trok een rare bibber langs Ika's mond alsof ze nu, nu pas, toch nog ontzettend huilen moest. Maar er kwam enkel het geluid van een snik die een scherp, pijnlijk spoor in haar keel achterliet.
Toen pakte ze de hand van meester Molenaar – een koude, heel zachte hand – en ze zag dat hij meer moeite met zijn tranen had dan zij.
Abes stem ratelde maar door, over de begrafenis en over de duiven.
De meester rolde de stoel naar het lege zandvlak met het klimopblad. Toen hij lang genoeg gekeken had – zelfs Abe was uitverteld – draaide hij zijn dunne, rimpelige wang naar Ika.
'Ik wist wel dat je hier zou zijn, Ikabod.'
'Moeder schreef over u... Ik had nog geen tijd.'
Het opmerkzame kijken herinnerde Ika aan vroeger, zo keek hij in de klas ook. Ze sloeg haar ogen neer.
Hij klopte op haar hand. 'Kom maar als je tijd kunt vinden; ik ben bijna altijd op mijn kamer.'
Lang hoorde Ika in haar hoofd nog het knerpen van de wielen, ook toen ze bij Nelly thuis was en afspraken maakte over moeders huis en de spullen. Steeds weer knerpten de wielen van de rolstoel van meester Molenaar door alles heen. Het gevoel was

heel dubbel: ze was blij met de ontmoeting en ook bang voor het vervolg. Ze vroeg zich af of ze hem zou kunnen bezoeken en zeggen dat ze niets wilde weten. Niet praten over vroeger. Niet weer die ruimte verliezen die binnenin haar was. Niet weer steeds maar beelden zien van toen. Het scheurende gevoel moest niet meer terugkomen.
'Als je tijd kunt vinden', had hij gezegd. Zou hij niet hebben bedoeld: 'Als je de moed kunt vinden'?

Het was druk bij Simone. Ondanks de sombere voorspellingen waren er genoeg nieuwe projecten bekend waar ze naar mee moesten dingen. Zeker nu de concurrentie zo groot was. Het was alleen meer dan ooit de vraag of ze scherper moesten rekenen en of er werk uit voort zou komen.
Ika besprak zelf het ontwerp van de wintertuin met de manager van het Promenade Hotel. Het was een man met weinig verstand van tuinen; alleen bij de begroting ging hij wat rechter op zijn stoel zitten. Het werd te kostbaar, zei hij.
'Maar wij zijn uitgegaan van uw budget!', protesteerde Ika.
De man zakte weer achterover en legde zijn vingertoppen tegen elkaar ten teken dat hij de zaak wel onder controle had. 'Er is, meen ik, nogal wat concurrentie in uw branche?', zei hij fijntjes.
Ika verbeet een vinnige opmerking; het was geen stijl om nu, achteraf, nog op dat budget te willen beknibbelen.
'Het ontwerp is niet los te maken van de aanleg. Op die conditie hebben we het project aangenomen!', zei ze op voorhand.
De man knikte. 'Ja, ja, dat had ik al wel van uw superieur begrepen.'
Toen Ika met de opdracht voor de aanleg letterlijk in haar zak het kantoor verliet, slaakte ze een zucht van opluchting in de lift. Het was maar goed dat haar superieur achter haar eigen wanordelijke bureau gebleven was, want bij deze onderhandelingen was ze ongetwijfeld uit haar vel gesprongen.
De aanleg was voor Bergers Groenarrangementen!
Als Simone nu over de Chinees begon, dan had Ika geen enkel bezwaar.
Simone lachte en bestelde meteen.

Toch werd er tijdens het etentje serieus gesproken over De Morgenster. Het probleem was niet langer te omzeilen, hij zat te dicht op hen. Samen besloten ze dat Simone er maar eens heen moest. Ontlopen konden ze elkaar niet, maar ze kon wel proberen in een redelijk gesprek tot bepaalde afspraken te komen.
'Hij klinkt redelijk', zei Simone, toen ze de afspraak gemaakt had. Dat was wel zo ongeveer de hoogste lof voor een concurrent.
Ika wilde die dag niet weggaan voor Simone terug was, dus werkte ze in haar eigen tijd de zakelijke belangen van moeder af. Willem had het haar gevraagd; hij had weinig gevoel voor administratieve zaken. Het was nog heel wat: makelaar, gas en licht, verzekeringen, ziekenfonds. Steeds weer hetzelfde verhaal. Ze ging er nog aan wennen. Het bezig zijn met de dingen van moeder, bracht de belofte aan meester Molenaar weer dichtbij. Waarom kon ze nog steeds geen afspraak maken? De afgelopen nachten had ze zich steeds voorgenomen de volgende dag te bellen. 's Nachts leek het logischer dat ze gaan moest. Maar in het grijze licht van de novemberdag schrok ze er toch weer voor terug. Het was nog te vers, het moest eerst niet bedreigend meer zijn. Want zoals de herinnering aan moeder nu voelde, moest het blijven. Alsof de ruimte die ze van binnen had nog geen invulling mocht krijgen. Zoals ze ook niet naar Nelly toe kon gaan, hoewel ze wist dat ze welkom was. Hoewel ze Abe wilde zien.
Het was ook vreemd: jaren zonder contact en dan ineens zo dicht op elkaar betrokken bij het sterven van moeder! Het was of het eerst een plaats moest krijgen, of het bij haar moest gaan horen. Twee keer die middag moest ze Nelly bellen om informatie; beide keren bonsde het bloed in haar slapen. Zomaar te bellen en contact te hebben, iets te zeggen, iets te vragen. Ze was het ontwend.
Het was al donker toen Ika de zware stap van Simone in de gang hoorde. Ze keek op haar horloge en schoof moeders paperassen van zich af. Haar ogen waren gericht op de deur, om niets van Simones gezicht te missen als die binnenkwam.
Toen de deur openging, schoot Ika in de lach. Achter twee armen vol plantengroen trachtte Simone zich te verschuilen.

'Ik hoef al niets meer te vragen', lachte Ika, terwijl ze de grootste kentiapalm overnam. 'Je bent letterlijk ingepalmd!'
Simone pufte en zette de twee kleinere palmen op haar bureau.
'Ik had het jou beter zien doen! Kentia's, jongedame, en een afdeling bonsai om te kwijlen!'
Simone gaf haar stoel een zet, zodat ze bij Ika's bureau kon aanschuiven.
Ika was blij dat ze toch maar verse koffie gezet had. Ze schonk in en trok het banketbakkerszakje uit Simones tas. Bitterkoekjes lustte zij ook wel.
'Vertel!', zei ze.
Simone slurpte genoeglijk van haar koffie en begon: 'Het is een omhooggevallen tuinder, maar wel een echte! Hij is pas begonnen met een afdeling oranjerieplanten, nieuwe soorten en juist hele ouderwetse... Nu nog had hij bloeiende oleanders staan en camelia's... Een gedeelte van zijn kassen verhuurt hij in de winter aan particulieren voor kuipplanten zoals fuchsia's en laurierboompjes. Dat is een slimme business. Hij heeft er weinig werk aan. Alleen zorgen dat het vorstvrij is... Omdat hij in de winter weinig werk heeft, is hij begonnen met ontwerpen. Eerst een paar klusjes daar in de buurt en dat beviel van weerszijden goed...'
'Ja, dat kan wel zijn, maar dan hoeft hij ons de vliegen nog niet af te vangen!', protesteerde Ika tegen dit al te welwillende verhaal. 'Laat hij in zijn eigen contreien blijven!'
Simone schudde haar hoofd: 'Dat is het nou juist, gladiool, hij zit hier in de buurt! Je hebt zelfs al een van zijn ontwerpen gezien! De Morgenster zit in het dorp waar je moeder woonde; de begraafplaats is zijn werk!'
Ika kreeg gevoel alsof het antwoord als een poppetje aan een draadje voor haar neus danste. Ze wist het, maar kon er niet bij. Ze deed haar mond open, maar klapte hem weer dicht toen Simone het kaartje uit haar rommelige tas had opgediept. Ze streek het glad op de stof van haar rok. Toen stak ze het over het bureau heen Ika toe. Ika hoefde het alleen maar om te draaien.
Tuincentrum en Landscaping De Morgenster, Bart Hogerveer, Kanaalweg...

Het poppetje stond stil en Simone vroeg of ze honger had; ze werd zo wit ineens.
'Je gaat toch niet van de graat?'
Ika gaf het kaartje terug en schudde haar hoofd.
Ze ademde diep in en zei: 'Ik ken hem!'
'Wat?', Simone schoot overeind.
'Ik ken hem, Bart Hogerveer, van vroeger... een vriendje.'
Het werkte op Simone als een koude douche. Ze schudde zich als een natte hond. 'Een vriendje? Van vroeger? Ik meende te weten dat jij helemaal nooit een vriendje...'
Ze stopte zonder de zin af te maken en haar mond bleef openstaan.
Door haar halve glimlach heen maakte Ika een verontschuldigend gebaar.
'Eentje maar, deze... We waren nog klein, Bart Hogerveer. Zijn vader had een kwekerij van vaste planten aan de Herenweg!'
'Nou breekt mijn klomp!', zei Simone.
'Dat zijn er dan twee!', gaf Ika toe.

Later, ze hadden hun jas al aan en stonden op het punt te vertrekken, vertelde Ika ineens het besluit dat in de ruimte had postgevat zonder dat ze het had gemerkt: 'Weet je, Simone, ik moet er nu maar eens wat aan doen... Ik bedoel: als ik altijd bang blijf voor de ellende van vroeger..., dan blijf ik altijd dezelfde... Ik moet er een streep onder zetten. Ik moet toch op een keer zelf de verantwoording voor mijn leven nemen? Er is nou niemand meer voor die verwijten... Morgen ben ik er niet. Ik moet iemand spreken over vroeger.'
'Wat heeft dat met die Hogerveer te maken?'
'Niks; hem bedoel ik niet, alhoewel... ik zou hem graag nog eens zien!'
'Had je verkering met hem?' Simones vragen werden steeds scherper van toon.
Ika lachte. 'Neehee, we waren toch klein... kinderen nog! Hij is vast al lang en breed getrouwd! Nee, ik moet naar meester Molenaar... een onderwijzer van vroeger...'
Simone knipte het licht uit, sloot de deur en in het schemerdon-

ker van de gang zei ze: ‘Ik snap geen biet van je... Maar volgens mij is hij niet getrouwd; het is een vrouwenhater. Ik was hem net mans genoeg!’

‘Meester Molenaar is nooit getrouwd, maar een vrouwenhater...?’

‘Hebben we het nog over dezelfde persoon?’, zei Simone bij de buitendeur.

‘Meester Molenaar toch?’, zei Ika, en deed voor de zekerheid een stap opzij.

21

De kamer was als de meester zelf, warm en rustig. Ika stond voor het raam en keek naar buiten. Er waren mensen aan het werk in de tuin. Een grote mand met bloembollen stond midden op het pad. Op de blauwe ruggen van de mannen stond 'De Morgenster'.
Meester Molenaar beredderde in het piepkleine keukentje de koffie. Hier in huis liep hij nog wel wat, maar het ging moeizaam. Hij verplaatste zich meer met zijn handen dan met zijn benen. Telkens opnieuw pakte hij een stoelleuning, de rand van het aanrecht, een deurpost vast om zich als het ware verder te hijsen.
Ika herinnerde zich van vroeger dat hij voor de klas al erg veel op zijn handen leunde als hij lang stond. Het waren zijn knieën die niet meer wilden.
'Ze zijn bollen aan het poten', antwoordde ze op zijn vraag waar ze naar keek. 'Fijn!', zei hij tevreden, 'dat is een belofte voor het voorjaar!'
Ika droeg de koffie naar de kleine tafel bij het raam; ze zaten elk aan een kant. Nu ze eenmaal hier was, was het onvoorstelbaar dat ze getwijfeld had of ze wel zou gaan. Niets leek logischer dan hier te zitten.
'Ik had vanmorgen pech met mijn auto!', vertelde ze, 'hij wilde niet starten. Dat heeft hij wel vaker in de winter. Gelukkig kon ik de auto van de zaak lenen. Kijk, daar, die witte!'
Meester Molenaar las het opschrift nog zonder bril Bergers Groenarrangementen. 'Werk je naar je zin?'

Ze knikte en warmde haar handen aan het koffiekopje. 'Heel goed. Ik mag tuinen ontwerpen en het is heerlijk om mooie dingen te maken. Laatst, toen ik bij moeder was, heb ik gewerkt aan een wintertuin. Die is heel mooi geworden!'
'Een wintertuin!', herhaalde meester Molenaar. 'Ja, dat is wel wat voor jou om daar bij je moeder aan te werken!'
Hij schoof het lege kopje van zich af, zijn ogen werden ernstig en zijn hand trilde een beetje toen hij zijn zakdoek uit zijn broekzak haalde en zijn mondhoekjes depte. Ook dat gebaar kende Ika.
Ze glimlachte en knikte.

'Ik kwam in het dorp kort na de oorlog. Het dorp was toen nog kleiner. De mensen wisten veel van elkaar en ze wisten ook veel over elkaar te vertellen. Ik kwam bij weduwe Donker in de kost; je hebt haar wel gekend, aan de singel. Ze had een dochter, Machteld. Een lief, zacht karakter had ze. Ik verloor mijn hart aan haar.
Machteld had een vriendin, Neeltje Boerema, ja, je moeder. Je moeder was een paar jaar jonger dan Machteld, maar ze waren al jaren bevriend. Machteld kwam vaak bij Neeltje thuis, in de pastorie. Soms ging ik ook mee; ik vond het wel interessant om met je grootvader te praten. Dat was een bijzonder mens, statig en streng; ach, je weet het nog wel? Ik verdacht hem er altijd van dat hij het beter wist dan God zelf, maar dat durfde ik in die tijd nog niet hardop te zeggen.
Ik durfde Machteld niet te vragen, deels uit verlegenheid, deels uit praktische overwegingen. Ik zou dan een ander kosthuis moeten zoeken; je kon in die tijd niet met je meisje onder een dak slapen.
Had ik maar niet zolang gewacht. Er kwam een ander om haar, Dirk de Haan, ja kind, hij... Ze hadden verkering en ik keek er naar. Dat was hard.
Maar het ging niet goed met Machteld. Ze ging er steeds teerder uitzien. Tuberculose. Veel te laat ontdekt.
Ze werd opgenomen in een sanatorium. Dirk ging er in het begin regelmatig heen en Neeltje ging soms mee. Neeltje had verdriet; ze bleef komen bij Machtelds moeder. We konden goed

met elkaar overweg en het praten over Machteld deed ons allemaal goed.
Toen ineens, vlak voor Machtelds dood, was het over. Neeltje kwam niet meer.
Ook niet toen Machteld stierf, ook niet op de begrafenis.
Er gingen praatjes over Neeltje. Ze zou zwanger zijn. Niemand wist van wie. Een jaar lang kwam ze de pastorie niet uit. De mensen wisten niet eens wat het geworden was, een jongen of een meisje.'
'Een meisje dus', zei Ika, in de stilte die viel.
Weer kwam de zakdoek van de meester; nu was die ook nodig voor zijn ogen.
'Toen je gedoopt werd, stond het dorp op zijn kop. Ik vergeet die dienst nooit...'
Er trok een huivering langs meesters smalle schouders. Hij keek haar aan, het wit van zijn ogen was erg rood.
'Je naam... Ikabod..., o kind, en de manier waarop je grootvader naar jou en je moeder keek... Vanaf dat moment ben ik daar niet meer in de kerk geweest. Dat had met de hemelse Vader niets meer van doen... Ikabod... en jij huilde als het blaten van een lammetje...
Natuurlijk werd er gegist naar de vader. Dirks naam werd genoemd en ook... de mijne...
Ik durfde niet naar je moeder toe te gaan; het uit-de-kerk-stappen had op school al problemen gegeven. En... het zou de mensen ook op het verkeerde been zetten... De meester in de pastorie... zie je wel! Het zou als een bekentenis geweest zijn... En ik had geen bekentenis te doen...'

Weer was het stil. Rusteloos streelde de hand van de meester het tafelkleed glad. Er was een ijzig koude bonk gegroeid op de plaats waar Ika eerst een hart had zitten. Het slikken hielp er niet tegen. Toen ze verschoof op haar stoel, schrok de meester op uit zijn gedachten.
'Toen..., je was toen al een jaar..., trouwde Dirk toch met je moeder. Uiteindelijk had je grootvader dan het compromis gevonden: als Dirk Neeltje zou trouwen, zou hij van schuld vrijge-

sproken worden. Er zou van de preekstoel af duidelijk gemaakt worden dat hem geen blaam trof. Het moet een van je grootvaders beste preken geweest zijn: de arme, ontgoochelde man die zijn eerste liefde verloren had en zich nu opofferde voor een gevallen vrouw en haar kind.'

'Waarom deed hij het?', vroeg Ika, 'waarom liet hij zich ringeloren door grootva?' Het was een onverdraaglijk gevoel dat de man die haar het leven zo onmogelijk gemaakt had toch haar vader was. Geen moeder had ze gehad en ook de droom dat er ergens een man was die misschien een vader voor haar had kunnen zijn, ook die droom moest nog worden ingeleverd...

Dit was erger dan al het andere. Voor alles had ze begrip kunnen opbrengen: als moeder verkracht was... of in de steek gelaten... Zelfs als moeder zich roekeloos met Jan en Alleman had afgegeven... Maar dit... Waarom had moeder nooit verteld wat er precies gebeurd was? Waarom was er altijd een foto blijven staan van Machteld? Wie treiterde er wie dan mee? Of was het om het schuldbesef levend te houden? Waarom zaten mensen elkaar levenslang op de huid met verwijten over en weer? De een is de ander een wolf... alleen daarom? Of hadden ze toch hun best gedaan om er iets van te maken? Was dat niet gelukt? Nelly? Hoe hadden ze dan samen Nelly gekregen? Was de verbittering gegroeid toen in de loop van de tijd de vergissing steeds duidelijker werd?

Waarom stonden mensen het zichzelf toe te leven als een grote aanklacht tegen de kwaliteit van het menselijk bestaan? Of moest ze dit zien als gevolg van het onvermogen tot enig goed en het geneigd-zijn tot alle kwaad?

Dat zou de mening van grootva wel geweest zijn. Maar dat hij niet gezien had dat hij met zijn plannen God en zijn belofte buiten spel zette! Dat het heulen was met het grote kwaad!

De gedachten vlogen als met fladderende vleugels door Ika's hoofd. Hoe lang zat ze hier nu al? Was de tijd stil blijven staan?

'Ik weet het niet..., schuldgevoel tegenover Machteld... of onder de indruk van de macht van je grootvader – een jaar later zat Dirk wel in de kerkeraad –, ...of een goede daad willen stellen voor de ogen van het dorp...'

'Maar trouw je daarvoor met iemand waar je geen kant mee op kunt?'
'Misschien was dat toen nog niet zo, kind; misschien hebben ze allebei toen nog wel hoop op geluk gehad...'
'Ik was het dus... Ik was het ongeluk daar in huis, waar ze steeds weer tegenop liepen.... Ik had hun leven verpest... Daarom moest Nelly goedmaken wat er met mij fout was. Daarom hielden ze wel van Nelly...
Waarom laat God dat toe? Waarom heeft vader me niet geëcht later? Waarom bleef hij moeder dwarszitten, alsof zij alleen schuld had aan mijn bestaan? Hij wist de waarheid toch...?
Waarom ging moeder geloven dat het mijn schuld was... zij is er toch ook bij geweest...?'
Over het tafelkleed schoof de hand van de meester naar Ika's handen, die krampachtig de tafelrand omklemden. Zijn handen waren nog kouder dan die van haar.
'Kind, mensen zoeken altijd de schuld buiten zichzelf... Een mens kiest voor de slachtofferrol... Jij herinnerde hen aan de zonde... en zo werd jij de zondebok en je grootvader deed daaraan mee...
'O God, hier kan ik niet mee leven...!' Ika schoot overeind van haar stoel, ze moest weg.
Maar de blik in de ogen van de meester maakte dat ze weer ging zitten, verbaasd, want hij lachte. Hij lachte, terwijl de tranen op zijn dunne wangen zaten.
'Luister, kind, luister nog... Jij kwam terug; jij die hieraan geen schuld had, kwam terug om voor haar te zorgen... ondanks alles... God moet wel veel van je houden, dat Hij je dat liet doen... Op Wie lijk je toch in dit gebaar...? Nou, toe?'
Ika sloot haar ogen en het beeld van de wintertuin overweldigde haar. Achter haar oogleden dreven de woorden van Jesaja voorbij, die ineens zo wonderlijk op hun plaats vielen tussen het groen, het mos, het water en het pad van ijsselsteentjes.
'Ik zal iets nieuws maken, nu zal het uitspruiten. Ik zal in de woestijn een weg leggen, rivieren in de wildernis. Vrees niet, want Ik heb u verlost; Ik heb u bij uw naam geroepen, gij zijt Mijn...'
De ijzig koude bonk in haar borst raakte los uit het donkere

gebied van de pijn en de eerste druppels zochten een weg, het begin van een stroom water, waar de zon een regenboog in zette. En de meester zag het...
Hij schutterde op van zijn stoel en ging de Bijbel halen.
Jesaja werd nat van tranen.

De meester stond voor het raam te wuiven. Ika keek nog eens om naar die kleine figuur achter de bloempotten. Ze hield haar pas in en zwaaide nogmaals.
Ze kon niet langer blijven nu; ze moest nog naar het graf van moeder en daarna naar Nelly en misschien vanavond ook nog naar Simone. Ze moest mensen zien, nu, en ze moesten haar zien. Ze zouden het aan haar zien, al zou ze niets vertellen.
De zon trok strepen door de lage wolken. De begraafplaats was stil. Er stond niemand op de parkeerplaats. Ze liep over het grindpad tot aan het graf. Het blad van Abe stak nog in de grond. De duiven in de bomen waren er. Er was veel.
Ze drukte haar handen tegen haar gloeiende wangen. God was er. Overal.
Naast het blad van Abe maakte ze een handafdruk in het nog losse zand. Een hand was goed; zoenerig waren ze nooit geweest.
Ze liep terug; het werd al schemerig. De tuin werd winters; er was hier juist geveegd. De hopen afgevallen blad lagen nog bij het hek. Ook hier stonden lege manden waar bloembollen in gezeten hadden. Hij had het druk, Bart.
Toen ze naar de contactsleutel zocht in haar tas, kwam er een auto de parkeerplaats op rijden. 'De Morgenster, Tuincentrum en Landscaping' stond erop.
Ze wachtte tot de auto naast de hare stopte.
Met een snelle beweging stapte de bestuurder uit en zei met een geamuseerde trek op zijn gezicht: 'Alweer Bergers Groenarrangementen. Sightseeing vandaag?'
De wind woei zijn blonde haar op. Er schoot een aarzeling in zijn doen en zijn ogen vernauwden zich.
Ika deed een stap naar voren en zei: 'Hallo..., Bart!'

Van Joke Verweerd zijn de volgende uitgaven nog verkrijgbaar:

gedichtenbundels

Immanuël: God onder ons; kerstgedichten

Achtergebleven; rouwverwerking

Uitgesproken; een bundel voor mensen die zich uitspreken voor God

Houvast; voor als de situatie uitzichtloos lijkt

Samengaan; voor mensen die samen verder gaan

Halverwege; voor mensen tussen jong en oud (verschijnt okt. '95)

verhalen

Joost en Maartje; kleuterverhalen in de spiegel van het Woord

Licht aan de lucht; kerstverhalen

Dichterbij het Wonder; Christuslegenden opnieuw verteld